ALEXANDRA KUTSCHERA

DREIZEHN
Augenblicke

novum pro

Bibliografische Information
der Deutschen Nationalbibliothek:

Die Deutsche Nationalbibliothek verzeichnet diese Publikation in der Deutschen Nationalbibliografie. Detaillierte bibliografische Daten sind im Internet über http://www.d-nb.de abrufbar.

Alle Rechte der Verbreitung, auch durch Film, Funk und Fernsehen, fotomechanische Wiedergabe, Tonträger, elektronische Datenträger und auszugsweisen Nachdruck, sind vorbehalten

Gedruckt in der Europäischen Union auf umweltfreundlichem, chlor- und säurefrei gebleichtem Papier.

© 2022 novum Verlag

ISBN 978-3-99131-279-6
Lektorat: Verena Höver
Umschlag- und Innenabbildungen: Alexandra Kutschera
Umschlaggestaltung, Layout & Satz: novum Verlag

Die von der Autorin zur Verfügung gestellten Abbildungen wurden in der bestmöglichen Qualität gedruckt.

www.novumverlag.com

Inhaltsverzeichnis

Das Gedankenspiel 7
Das Verhalten der Libelle 10
Der Jäger 15
Der Wolf im Rad 19
Der Krähenflug 27
Mathematischer Sinn 28
Der Programmausfall 30
Das Treffen 41
Die geheime Bar 44
Der Wanderfalke 52
Der Zoo 58
Die Psychiatrie 71
Die Gartenformeln 82

Das Gedankenspiel

Simones Lieblingsplatz war immer der Friedhof gewesen und würde es immer sein. Früh hatte sie beide Elternteile bei einem Verkehrsunfall verloren. Doch der Friedhof bot ihr einen Rückzugsort der ganz besonderen Art. Nicht nur das Gefühl der Nähe zu ihren Eltern lockte sie immer wieder dorthin, sondern auch der Friedhof an sich in seiner Gestaltung. Es war ein Waldfriedhof, ein Wald voller Kiefern, Fichten und Laubbäumen. Das Grab ihrer Eltern lag neben einer Buche, rings herum säumten Fichten und Kiefern den Weg. In dem herrlichen Baumbestand gab es aber auch Tiere, viele Vögel wie Spatzen, Tauben, Meisen und Krähen. Einen Raben hatte sie bisher noch nicht gesehen. Aber es gab dort sogar Eichhörnchen. Es war ein ganz eigenes Ökosystem, das Simone so liebte. Gerne fütterte sie die Eichhörnchen mit Haselnüssen oder Erdnüssen. Schmunzeln musste sie immer, wenn das Grab einmal wieder an ein paar Stellen aufgebuddelt war. Das waren die Eichhörnchen, die ihre Nüsse versteckt hatten. Aber manchmal vergaßen sie ihre Verstecke auch wieder, sodass im Frühjahr bei der Grabbepflanzung die eine oder andere Nuss wieder zutage kam. Simone liebte solche Momente. Sie liebte aber auch die Toten. Schließlich ist ein Friedhof voll von Toten. Sie liebte es, durch den Friedhof zu spazieren und auf all die vergangenen Leben zu blicken. Manchmal stellte Simone auch bei Leuten, die sie nicht kannte, eine Grabkerze ab, hielt inne und dachte daran, was das wohl für ein Leben gewesen sein mochte. Studienprofessor, liebevoller Vater und Großvater, Literat und so viele andere noch. All die vielen Leben, all die vielen genutzten Chancen und all die ungenutzten Chancen.

Das Einzige, was ihr Unbehagen machte, war, wenn es ein totes Kind gab. Simone stellte sich das sehr schwer für die Familie und die Freunde vor. Was seltsam war, weil der Abschied nie leicht ist. Aber auf ihrem Waldfriedhof gab es so gut wie keine toten Kinder und so genoss sie ihre Zeit im Wald und mit den Toten. Das Grab ihrer Mutter und ihres Vaters hatte ein schmiedeeisernes Kreuz und war mit einem Rhododendron und Buchsbäumen bepflanzt. Das Kreuz trug den Schriftzug „In ewiger Liebe".

An einem lauen Sommertag beschloss Simone, wieder zum Grab zu fahren. Weit war es nicht, da sie in der gleichen Stadt wohnte, in der der Waldfriedhof ist. Auf dem Weg zum Grab begegnete sie einem Mann mit einem T-Shirt mit der Aufschrift „Jagdfieber". Sie würdigte ihn aber keines zweiten Blickes und ging diesmal rasch zum Grab. Dort angekommen legte sie erst einmal ein paar Haselnüsse in die Futterbox. Danach vergewisserte sie sich, dass keiner in der Nähe war. Sie war allein.

„Ich habe mich verliebt. Es ist ganz seltsam, so ganz surreal. Aber ich bin verliebt!"

Ein leichter Wind kam auf und ließ die Blätter in den Bäumen tanzen.

„Es war in der S-Bahn. Ich fuhr mit der S-Bahn in die Innenstadt. Plötzlich hatte ich den Drang, nach links aus dem Fenster zu schauen. Es gab eigentlich keinen Grund dazu, weil ich in Fahrtrichtung rechts saß. Aber es gab auf einmal diesen Drang, nach links aus dem Fenster zu schauen. Just in diesem Augenblick fuhr eine andere S-Bahn in Gegenrichtung ein. Und da sah ich ihn sitzen. Ich blickte rüber und genau in diesem Moment spürte ich ein liebliches Zucken meines Herzens. Ich habe mich sofort verliebt gefühlt. Genau in diesem Moment. In diesem allerersten Moment hatte ich sofort das Gefühl, verliebt zu sein. Ist das nicht seltsam? In der allerersten Sekunde. Genau in diesem Moment."

Eine Böe fing sich in den Baumkronen und ließ die Blätter wilder tanzen.

„Seither träume ich jede Nacht von diesem Mann. Ich habe sein Gesicht nur von der Seite gesehen. Ich kann mir aber gut vorstellen, wie er aussieht."

Plötzlich folgte eine absolute Windstille.

„In den Träumen haben wir uns getroffen. In meinem Traum hatte ich die Chance, sofort auszusteigen und in die S-Bahn auf der Gegenseite einzusteigen. Ich hatte ihn schnell gefunden. Er sah mich an. Ich lächelte und blieb stehen, um mit ihm dort auszusteigen, wo auch immer er aussteigen wollte. Als er sich neben mich stellte, ist mir fast mein Herz in die Hose gerutscht. Er sagte etwas zu mir und egal, was es war, es klang so herrlich, dass ich mich sofort ganz wunderbar und glücklich fühlte."
Wieder wehte ein zartes Lüftchen und die Blätter begannen wieder zu tanzen.

„Bisher haben wir uns in den Träumen in der S-Bahn getroffen, sind zusammen essen gegangen und haben uns einmal geküsst. Oh, Mommy, Daddy, ihr müsst mir helfen, diesen Mann im echten Leben zu treffen. Ich halte die Sehnsucht kaum noch aus."
Windstille.

Das Verhalten der Libelle

Am dunkelsten Tag kam Emma von der Arbeit nach Hause. Es war der Tag, an dem sie ihre Arbeitsstelle verloren hatte. Müde machte sie sich trotz des späten Abends noch eine Tasse Kaffee und setzte sich an den Tisch.

„So viele Jahre", dachte Emma. Es war ein wichtiger Teil ihres Lebens gewesen. Die Arbeit. Ansonsten war sie eher eine Einzelgängerin. Wenige Freunde, hauptsächlich Arbeit. Still saß sie da und dachte an die vergangene Zeit. Nun erst einmal ein Schluck Kaffee.

„Was soll ich nur tun? Wie kann ich mich von diesem Schreck befreien? Vielleicht ein Spaziergang in die Natur? Ein Kinobesuch? Irgendetwas brauche ich nun, um mich erst einmal abzulenken. Was nur?"

Gedankenversunken nippte sie an ihrem Kaffee. Sie beschloss, den Abend über etwas fernzusehen und dann früh schlafen zu gehen. Nach zwei Stunden Fernsehen, bei dem sie hauptsächlich die Programme durchgezappt hatte, ging Emma schlafen.

Am nächsten Morgen wachte sie von einer unruhigen Nacht voller Grübeleien auf. So viele Momente waren ihr durch den Kopf gegangen. Sie schätzte, dass sie etwa vier Stunden geschlafen hatte. Die restliche Zeit hatte sie in einer undefinierbaren Zwischenwelt aus Gedanken, Traumbildern und gemurmelten Selbstgesprächen verbracht. Müde von dieser Nacht machte sie sich einen Kaffee.

„Ich denke, am besten wäre es, erst einmal zu frühstücken und dann später am Mittag in die Natur aufzubrechen. Ein Ausflug auf das Land ist, glaub ich, am besten für mich jetzt.", murmelte sie, als sie die Küche betrat.

Mittags suchte sie sich einen Zug heraus und ein paar Stunden später war sie auf dem Land, dem schönen Land. Zuerst ging sie nur eine Runde spazieren. Sie hatte aber auch ein Fernglas dabei, um Tiere zu beobachten. Es war ein gutes Fernglas, mit dem sie die Ferne genau betrachten konnte. Sie hatte es sich besorgt, als sie einmal einen Ausflug in das Karwendelgebirge gemacht hatte, und hatte damals tatsächlich einen Steinbock beobachten können. Seither kam das Fernglas nur selten zum Einsatz. Emma überlegte, wo sie entlanggehen sollte, um vielleicht Tiere sehen zu können. Sie hatte sich bei diesem Ausflug nicht gerade für eine Gegend entschieden, in der es Wildtiere häufig zu beobachten gibt. Es war ein Spaziergang um einen See gewesen. Dieser war teilweise bebaut, teilweise frei.

Sie entschied sich dazu, einen Weg abseits des Wanderweges zu nehmen. Nach ungefähr einer halben Stunde erreichte sie einen kleinen Bach. Sie verließ den Weg und suchte sich eine geeignete Stelle, um eine Pause zu machen. An einem Baum, dessen geschwungener Stamm dem Licht entgegen wuchs, fand sie ihre perfekte Bank. Sie setzte sich und begann, Brotzeit zu machen. Im zarten Licht durch die Baumkronen betrachtete sie den Ort, den sie sich ausgesucht hatte. Es gefiel ihr dort.

„Der perfekte Ort für eine Hütte. Eine von diesen urigen Hütten in der absoluten Einsamkeit wäre hier ideal", sagte sie zu sich.

Nach der Brotzeit mit Tee und Sandwiches belegt mit Salat, Käse und Schinken verharrte sie zunächst noch in Gedanken an ihre alte Arbeitsstelle. Doch dann, wie aus dem Nichts, flog eine Libelle ziemlich nah an ihr vorbei. Zunächst nahm Emma die Libelle gar nicht deutlich wahr, doch dann gelang es der Libelle, sie aus ihren Gedanken zu reißen, und Emma schaute ihr interessiert hinterher. Sie nahm ihr Fernglas und beobachtete den Flug der Libelle. Es war gar nicht so leicht, die Libelle nicht zu verlieren und ihrem Flug zu folgen. Nach einiger Zeit setzte sich die Libelle auf ein Blatt nahe dem Bachufer. Dort blieb sie eine Weile im Sonnenlicht sitzen.

„Ob sie wohl ihre Flügel trocknet, weil sie nahe an den Bach geflogen ist?", fragte sich Emma.

Sie erinnerte sich an einen Zeitungsartikel, bei dem es um eine Primatenforscherin in Indonesien ging. An den Namen der Primatenforscherin konnte sie sich nicht mehr erinnern. Der Artikel berichtete, wie die Aufzucht von Orang-Utan-Babys funktionierte. Es wurde beschrieben, wie wichtig es war, den jungen Tieren das Verhalten so affenähnlich wie möglich vorzuleben. Zum Beispiel Nester zu bauen. Nester kamen am Boden, aber auch in den Baumkronen vor. Besonders interessiert hatte Emma der Teil, in dem ausgeführt wurde, wie ein kleines Orang-Utan-Baby betreut wurde, deren Mutter an einer Krankheit verstorben war. In dem Bericht hatte Emma gesehen, dass so ein kleiner Orang-Utan noch die Flasche zur Aufzucht bekam. Aber es gab auch besondere Regeln zu Beginn der Aufzucht, wie zu Beispiel, dass nur die eigene Bekleidung in dessen Gegenwart getragen werden durfte. Der Grund war, dass keine Beziehung zu menschlichen Gegenständen aufbaut werden sollte. Emma erinnerte sich auch an einen Fernsehbericht, bei dem Forscher unweit von Gorillas zelteten, um deren Verhalten und auch die Art und Weise des Nestbaues nachzuahmen. Das Ziel war es, ein Teil der Gorillagruppe zu werden und Kontakt mit den Gorillas aufzunehmen.

„Was für ein Leben! Was für eine herrliche Lebensaufgabe", murmelte Emma, während sie noch die Libelle beobachtete.

„Eine Libelle ist zwar nicht so imposant wie Orang-Utans oder Gorillas, aber sie ist auch ein interessantes Lebewesen – und ich habe vor, sie heute zu beobachten."

Emma überlegte, ob die Libelle vielleicht Eier gelegt haben könnte. Es war Sommer. Vielleicht legten Libellen im Sommer Eier. Zudem überlegte sie, ob die Libelle einen festen Schlaf- oder Tagesplatz hatte. Also, ob sie zu bestimmten Zeiten immer wieder an denselben Platz flog.

„Ich habe ja jetzt Zeit. Ich werde die Libelle beobachten und das herausfinden."

Emma nahm einen Stift und ein Papier und malte grob den Flussverlauf auf. Dann markierte sie die Stellen, an denen die Libelle länger gewesen war. Zugleich passte sie immer mit dem Fernglas auf, dass die Libelle ihr nicht entwischte.

„Was für ein Tag. Aber ich habe ja jetzt Zeit für so etwas", flüsterte Emma, ganz auf den Flug der Libelle konzentriert.

Stunden vergingen und es wurde dämmrig. Dann war es zu spät, um aus dem Wald weg von dem kleinen Bach zu gehen. Emma beschloss, die Nacht dort zu verbringen. Es war eine warme Sommernacht und sie würde nicht frieren. Sie holte noch etwas Essen aus dem Rucksack und aß zu Abend. Dann holte sie noch eine Plane aus dem Rucksack, die eigentlich für Regen gedacht war, und mummelte sich darin ein. Im Vergleich zur letzten Nacht schlief sie sofort ein und die negativen Gedanken und Traumbilder, die sie zuvor geplagt hatten, waren fern.

Als sie am Morgen erwachte, war es leicht feucht. Aber sie war nicht nass und hatte die Nacht gut verbracht. Sie nahm das Fernglas und sah auf die Stellen, an denen die Libelle zuletzt gesessen hatte. Dort, oder in der Nähe, würde Emma sie bestimmt wiederfinden. Aber es dauerte nicht lange, da flog die Libelle ziemlich nahe an sie heran und dann in Windeseile weg. Emma hatte sich darüber gefreut, dass die Libelle so nahe an sie herangeflogen war. Das war ein kleines Glücksgefühl gewesen. Doch dann war die Libelle fort. Emma wartete und suchte, doch sie war verschwunden.

„Vielleicht ein festgesetzter Erkundungsflug ... Vielleicht hat sie noch mehrere Stellen, zu denen sie fliegt."

Emma beschloss in der Zeit, in der sie auf die Libelle warten wollte, sie zu zeichnen. Die Libelle war recht groß. Sie hatte oval geschwungene Flügel, die durchsichtig waren. Ihr Körper schillerte grünlich. Sie war ein Kunstwerk der Natur und voller Grazie.

Nachdem Emma die Libelle gezeichnet und sich daneben Notizen gemacht hatte, wollte sie noch etwas warten. Doch die Libelle kam nicht wieder. Emma traf die Entscheidung, in ein kleines Hotel oder einen Gasthof zu gehen und dort eine Nacht zu übernachten. Sie fand ein kleines Zimmer für vierzig Euro die Nacht. Sie machte sich noch ein paar Notizen zur Libelle, aß zu Abend und schlief schnell ein.

Am nächsten Morgen packte sie alles zusammen und ging noch einmal zu dem kleinen Bach hinunter. Es dauerte eine Zeit, bis sie die Stelle mit dem geschwungenen Baumstamm fand.

Dann wartete sie noch eine Stunde auf die Rückkehr der Libelle. Aber diese kam nicht zurück. Danach entschied sich Emma, die Stellen nach Eiern abzusuchen. Sie zog ihre Schuhe aus, krempelte die Hose hoch und ging in den Bach. Sie sah überall nach, konnte aber keine Eier finden.

Emma vermutete, dass die Libelle einfach noch keine Eier gelegt hatte – oder wenigstens nicht an diesem Ort.

Dass sie zu derselben Stelle oder in deren Nähe mehrmals zurückkam konnte sein. Aber die Libelle hatte auch mehrere Stellen gehabt, zu denen sie nicht zurückkam.

Dann trocknete sich Emma die Füße ab und ging zum Zug und fuhr wieder nach Hause.

In den darauffolgenden Jahren entwickelte sie sich zu einem wahren Fan von Safari-Reisen und ging regelmäßig in den Zoo. Sie hatte stets einen kleinen Anhänger in Form einer Libelle dabei.

Der Jäger

Früh graut der Morgen. Das leichte Prasseln des Regens weckt Tom zwar nicht, aber der Wecker. Müde stapft er durch den Flur in die Küche. Der Geruch von Rosen und Nelken überdeckt fast den Kaffeegeruch. Einen kräftigen Schluck erst einmal. Die gestrige Arbeit im Beerdigungsinstitut ist für einen Moment Teil seiner Gedanken. Müde schaut er aus dem Fenster. Alles grau in grau. Es ist auch erst sechs Uhr morgens.

Tom denkt an die Frau von gestern. Er erinnert sich an das Gefühl, wie sie weinend in seinen Armen lag, nach der Trauerfeier. Ein Ruheraum am Friedhof. Das war seine Idee gewesen. Die Tatsache, dass es seine Idee war, tut gut. Das Weinen hallt noch etwas in seinem Kopf nach. Er versucht, sich zu besinnen.

„Die Rosen und Nelken können Sie haben. Diese hier, den Strauß. Ich will ihn nicht auf dem Grab. Ich will ihn bei den Lebenden", hatte die Frau gesagt.

„Denken Sie nicht, dass Ihr Mann sie gerne bei sich hätte?"

„Er hat genug andere Grabgestecke und Sträuße. Diese Blumen sollen unter die Lebenden. Dieser Strauß ist von mir und das Grabgesteck dort. Er muss unter die Lebenden. Wenigstens dieser Strauß."

„Ich denke, ich kann das nicht annehmen"

„Doch. Sie können und müssen. Wenigstens dieser Strauß."

Tom schaut auf den Strauß. Dieser ist umwickelt mit einer Borte, auf der steht: ‚In Ewigkeit Dein'.

Er muss schmunzeln. Über sich.

„‚In Ewigkeit Dein'. Dabei kennen wir uns gar nicht."

Nach dem Frühstück steigt Tom in das Auto. Nach einiger Zeit erreicht er endlich den Laden, der Outdoor-Artikel anbietet. Vor ein paar Jahren hat er seinen Angelschein gemacht. Und heute ist er gekommen, um seine neue Angelrute abzuholen. In dem Laden angekommen geht Tom zunächst direkt zur Kasse und holt seine Angelrute ab. Im seitlichen Blickfeld seiner Augen entdeckt er einen Laserentfernungsmesser und ein Jagdteleskop mit Smartphone-Adapter. Schnell ist sein Griff nach beidem und er geht wieder zur Kasse. Seit fünf Jahren hat er nun schon seinen Jagd- und Angelschein.

Heute wird eine Nacht wie keine andere. Er wird heute die Nacht im Freien verbringen.

Am frühen Nachmittag bricht Tom mit dem Auto auf. Es wird noch eine Zeit hell sein. Langsam fährt er aus der Kleinstadt und dann auf die Autobahn. Nur ein kurzes Stück und er nimmt die Ausfahrt zur Landstraße. Er nimmt die Route entlang einer Allee. Er freut sich auf die Nacht – die Jagd nach dem perfekten Moment. Der Augenblick durch das Lichtermeer der Baumkronen auf grauem Asphalt bewegt ihn bis zu seiner Ankunft – ein endloses Meer aus Zeit auf Asphalt.

Zwei Autos kreuzen seinen Weg auf der Allee. Eines davon macht hinter seinem Auto kehrt und fährt eine Zeit hinter ihm her. Er fährt gemächlich vor sich hin. Ein Motorradfahrer auf der gegenüberliegenden Fahrspur. Der Ton des Motorrads klingt anders bei der Zufahrt auf Toms Auto, als bei der Wegfahrt. Tom wundert sich. Zuvor war ihm nie der Doppler Effekt bewusst geworden – an diesem Tag schon. Dann konzentriert er sich wieder auf das Auto im Rückspiegel. Es ist ein blauer Ford. Langsam nähert er sich den dichten Nadelwäldern – dabei immer wieder das Auto im Spiegel im Blick. Er bekommt ein mulmiges Gefühl. Was ist das für ein Auto?

Es ist kein Gefühl von Angst und auch nicht Verwunderung, das von ihm Besitz ergreift. Ein Gefühl, etwas unangenehm. Ehe Tom beginnt, sich ernsthaft Gedanken zu machen, biegt das Auto ab, und es geht weiter durch die Nadelwälder. Schon bald das Schild zum See. Keine Menschenseele.

Er geht zu seinem Stand, den Jägerstand, den er immer wählt. Es ist noch hell. Schnell geht er durch den Wald. Positionsmesser und Fotofallen werden verteilt. Er kennt das Gebiet und weiß, wo das Wild weidet. Es ist ganz nah. Es wird kommen.

Der Wind steht günstig. Es wird kommen. Tom verteilt als Positionsmelder Bewegungssensoren. Mit seinem neuesten Gerät lässt sich die Entfernung zur Laserposition messen, Triangulation. Er skizziert.

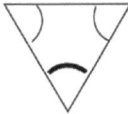

Er verteilt ein paar Köder. Ruhig sitzt er dort und wartet. Zur Dämmerung kommen sie. Ein Reh mit ihrem Kitz und danach noch zwei Rehe. Mit dem Entfernungsmesser misst er die Entfernung. Sie stehen zwanzig bis fünfundzwanzig Meter vor ihm. Die Silhouetten beider wirken im fahlen Licht der Dämmerung wie zwei fremde Schattenwesen. Er greift zu seinem Fernglas und betrachtet sie lange. Ein paar wenige Meter und sie geraten in die Fotofallen. Er notiert Entfernung und ungefähre Größe.

Die Nacht ist mondlos und sternenklar. Tom sitzt noch lange mit seinem Nachtsichtgerät da und beobachtet den Wald und die Tiere darin. Gegen halb eins geht Tom zum Auto, um etwas zu essen. Ein paar belegt Brote. Dazu einen Wein. Noch eine Zeit lang sitzt er gedankenversunken in seinem Auto. Das Geräusch des Waldes, das Plätschern des Sees und darauf Stille, die über allem ruht, machen ihn bald müde. Er trinkt noch zwei Gläser Wein und greift nach der Decke.

Am frühen Morgen wacht er von seinem Wecker auf. Er packt seine Angelrute und geht bei Tagesanbruch zu seinem Ruderboot. Ab auf den See. Die beste Zeit zum Fischen ist am frühen Morgen und am Abend. Die Würmer liegen bereit. Er wirft seine Angelrute aus und wartet auf den ersten Fang des Tages. Nach einer Stunde ist es geschafft. Zwei Forellen liegen im Boot. Zappeln, bis er ihnen mit einem spitzen Messer in das Herz sticht. Beide Fische bluten aus und sind sofort tot.

Er fährt zurück an Land, säubert das Boot und die ausgelegte Plane. Packt die Fische in eine Tüte, die er in die Kühlbox im

Auto stellt. Danach geht Tom zurück zu seinen ausgelegten Fotofallen. Er baut sie ab und entnimmt die Speicherkarte.
„Ich freue mich auf zu Hause. Es ist Zeit zur Heimfahrt.", murmelt er.
Tom packt alles in das Auto und beginnt die Fahrt. Wieder entlang der dichten Nadelwälder zu der Strecke mit der Allee. Wieder dort. Wieder dieses andere Auto.
„Das gibt es doch nicht".
Tom beobachtet den blauen Ford im Rückspiegel. Diesmal macht er an einer Fahrbucht Halt. Der blaue Ford fährt vorbei und Tom folgt ihm mit großem Abstand.
„Was ist das für ein anderes Auto?"
Er folgt dem anderen Wagen eine Zeit lang, bis er sich besinnt und sich auf das Kennzeichen konzentriert. Es ist ein anderer Landkreis. Nicht der von gestern. Tom atmet einmal tief durch.
Zu Hause angekommen bringt er zunächst die Kühlbox in die Küche. Danach trägt er die Fotofallen in sein Schlafzimmer. Als er die Tür zum Schlafzimmer öffnet, betrachtet er voller Stolz die Wände, die voll von Tieraufnahmen sind. Füchse, Ricken, Hirschböcke, einen Dachs und sogar zwei Feldmäuse. Er kann sich noch daran erinnern, wie schwierig es war, die Feldmäuse ausfindig zu machen und die Bewegungssensoren zu positionieren. Mit Käse und viel Geduld schaffte er es dann beide Fotografien zu machen. Freudig gespannt auf das Ergebnis der letzten Nacht legt er die Fotofallen und die Speicherkarten auf den Schreibtisch neben das Bett.
Es ist zehn Uhr sechzehn. Er geht in die Küche und beginnt, die beiden Forellen auszunehmen. Etwas Blut rinnt an den Fischleibern entlang. Der Blutfluss bildet ein kleines Dreieck.
„Ein perfektes Dreieck", murmelt Tom.

Der Wolf im Rad

„Lass uns heimfahren. Es ist schon spät.", sagte Marie zu ihrem Mann.

Sie waren seit langer Zeit wieder einmal auf einer Party der Niedermeiers gewesen. Die Gastgeber waren Martin und Regine Niedermeier. Es war eine große Runde, in der sich Marie jedoch die meiste Zeit über verloren gefühlt hatte. Markus hatte das Treffen für geschäftlichen Small Talk genutzt. Er liebte, im Gegensatz zu Marie, solche Veranstaltungen. Es war die perfekte Gelegenheit, über die Arbeit und über die Familie zu reden. Einsam stand Marie neben dem Tresen mit Getränken, winkte Markus zu sich und sagte erneut, dass sie nun gerne fahren würde. Er nickte ihr zu und deutete auf seine Armbanduhr. Das bedeutete so viel wie ‚nur noch ein, zwei Minuten'. Sie war erleichtert. Endlich. Es dauerte wirklich höchstens fünf Minuten und er stand da und legte einen Arm um ihre Schulter.

„So, Schatz, da bin ich, bestellt und bereit zur Abfahrt. Du siehst müde aus."

„Danke vielmals. Nun lass uns gehen."

Beide verabschiedeten sich, wobei sie Martins Frau, Regine Niedermeier, noch in ein Gespräch verwickelte.

„Schade, dass ihr schon geht. Es war so eine bedrückende Stimmung im letzten Jahr. Der Autounfall ist schrecklich gewesen und wir alle haben uns große Sorgen gemacht. Und dann deine Anwesenheit auf der letzten Party! Du warst so verstört. Du hast auf mich gewirkt, als wärst du nicht ganz bei uns. Eine unheimliche Benommenheit. Ich dachte schon, es wäre etwas Ernstes und du hättest irgendeinen bleibenden Schaden von dem Autounfall davongetragen. Aber dich heute zu sehen war mir eine große Freude. Es scheint dir nichts zu fehlen und darüber bin ich sehr froh."

„Nein. Alles gut. Es waren nur ein paar Schrammen von der zerbrochenen Autoscheibe. Ja, der Unfall war schon schrecklich. Ich leide noch etwas unter dem posttraumatischen Stress. Aber es geht mir schon besser.", sagte Marie.

„Haben sie den Geisterfahrer je geschnappt?"

„Nein. Es ist eine Schande! Er hat so viel Elend über uns gebracht. Aber nein. Sie haben ihn nie geschnappt.", meinte Markus darauf.

„Ja, wirklich eine Schande. Aber dann will ich euch nicht länger aufhalten. Genießt den schönen Abend – und es hat mich gefreut, dass ihr da wart."

„Danke.", antworteten Marie und Markus zusammen und gingen zur Tür.

Am Auto angekommen bekam Marie ein mulmiges Gefühl in der Magengegend.

„Fährst du heute?"

„Ja klar, Schatz."

Beide stiegen in das Auto und die Fahrt war zunächst ganz normal. Als sie aus der Häusersiedlung und dem Ort heraus waren, fuhren sie in ein Waldstück. Die Straße führte relativ lange durch dieses Gebiet. Es war ein düsterer Wald an diesem Abend. Plötzlich sah Marie etwas auf der Straße vorbeihuschen. Ein schwarzer Schatten – und dann ein lauter Schlag auf der Beifahrerseite. Dann ein zweiter Schlag.

„Halt an. Halt sofort an!", schrie Marie.

Markus blieb sofort stehen. Dann fuhr er vorsichtig das Auto rechts an den Straßenrand.

„Was ist passiert? Hast du etwas gesehen?"

„Ja. Einen schwarzen Schatten."

Beide stiegen aus dem Auto und suchten nach dem Unfallopfer. Zuerst sah Marie die Beule an der Frontseite des Autos vor dem Rad. Dann betrachtete sie das Wagenrad. Blut und Fell klebten daran. Es sah grausig aus. Es erinnerte sie an einen Fleischwolf mit all dem Blut. Markus stand daneben und betrachtete es auch.

„Wir müssen das Tier seitlich erwischt haben. Es muss sich am Rad eingeklemmt und sich dann wieder gelöst haben. Das würde die zwei Schläge erklären, die wir gehört haben."
Marie starrte auf das Rad. Dann überlegte sie, dass das Tier nicht weit entfernt liegen musste. Sie sah sich um und entdeckte in einer ungefähren Entfernung von dreißig Metern etwas, das auf der Straße lag. Es sah aus, als ob es zwei Tiere waren, die eng beieinander lagen.
„Ich gehe hinüber. Vielleicht kann man noch etwas für das Tier tun.", sagte Marie in einem energischen Ton.
„Bist du sicher? Du bist noch nicht ganz fit."
„Ich gehe."
Marie ging zu den zwei Tieren. Doch nach ein paar Schritten erkannte sie, dass es doch ein einziges Tier sein musste, das fast halbiert worden war. Was mochte es wohl sein? Vielleicht ein Hund? Fieberhaft dachte sie nach, was es wohl sein könnte, und ob sie bereit dafür wäre, es zu sehen.
„Es ist ein Wolf.", schrie Marie auf.
Markus kam zu ihr gerannt und begutachtete den Zustand des Wolfes.
„Er ist tot."
Marie starrte auf das schmerzverzerrte Wolfsgesicht. Seine Augen waren trüb und wirkten kalt auf sie. Sie konnte den Blick nicht von ihnen abwenden.
„Jetzt hör auf, ihn so anzustarren. Da können wir nichts mehr tun. Geh ins Auto zurück. Ich kümmere mich darum."
Marie gehorchte und ging zum Auto zurück. Währenddessen versuchte Markus, die Überreste von der Straße zu bekommen. Mit seinem rechten Schuh schob er den Wolf zum Straßenrand. Markus wollte nicht, dass ein weiteres Auto in einen Unfall verwickelt wurde. Es dauerte eine Zeit lang, aber dann hatte er es geschafft. Er ging zum Auto zurück. Beide fuhren nach Hause. Dort angekommen verständigte Markus den Straßendienst.
„Ein totes Tier, ein toter Wolf, auf der Landstraße Richtung ...", hörte Marie, als sie sich bettfertig machte. Beide gingen schlafen, ohne einen Ton zu sagen.

Am nächsten Morgen erwachte Marie um halb sechs. Sie konnte nicht mehr schlafen. Sie konnte die Augen der Kreatur nicht vergessen. Die ganze Nacht über hatten sie die Augen im Traum angestarrt. Ein düsteres Farbenspiel aus Gelb, Schwarz, Weiß und Rot war es gewesen – Rot vom Blut. Sie machte sich erst einmal einen Kaffee. Es war noch früh am Morgen und es gab nur wenig Autoverkehr, sodass sie die Vögel zwitschern hörte. Das Vogelgezwitscher klang schön und brachte etwas Beruhigung.

„Was für eine Nacht!", sagte sie.

Marie dachte daran, wie übel das Tier doch zugerichtet gewesen war. Und es tat ihr leid. Wölfe waren doch schöne Tiere. Vielleicht hatte sie sich auch getäuscht und es war doch ein Hund gewesen. Marie beschloss, in der Zeitung Ausschau nach einem vermissten Hund zu halten. Doch dann riss sie ein seltsames Geräusch aus ihren Gedanken. Es war ein Knacken, das Knacken von etwas Hartem. Wie das Knacken von Stöcken oder vielleicht doch das Knacken von Knochen. Das Knacken von Knochen? Das kontinuierliche Knacken hörte nicht auf und Marie wollte herausfinden, woher es kam. Also ging sie nach draußen vor das Haus. Sie ging in ihren Garten. Dort angekommen musterte sie erst das Haus, dann den Weg zum Haus und zuletzt den Garten der Nachbarn. Aber weder auf dem Weg noch beim Blick durch das Dickicht auf dem Nachbargrundstück konnte sie eine Erklärung für das Knacken finden.

Jetzt, außerhalb des Hauses, war das Knacken auf einmal nicht mehr zu hören. Es musste im Haus sein. Zielgerichtet steuerte Marie die Haustür an. Es konnte nur drinnen sein. Als sie den Haustürgriff fassen wollte, machte ihre Hand eine plötzliche Bewegung gegen den Türgriff und die Tür fiel zu.

„Was war das? So etwas habe ich noch nie gehabt. Was war das jetzt bloß?"

Sie hatte keinen Hausschlüssel bei sich. Dieser lag in der kleinen Schale neben der Tür. Sie musste also klingeln. Das Fenster ging auf.

„Was ist los, Schatz?"

„Ich habe mich ausgesperrt."

„Ich komme sofort herunter."

Markus öffnete die Tür. Er fand seine Frau völlig entgeistert vor.

„Was ist los?"

„Nichts", erwiderte Marie.

Es dauerte nicht lange und Marie begann, auch andere Geräusche zu hören. Sie begann, intensiver zu hören. Ein Türknarzen war nun so laut und deutlich, dass sie dachte, dass es direkt hinter ihr wäre. So wie sie das Vogelgezwitscher an jenem Morgen noch beruhigt hatte, so nervös machten sie jetzt Vogelgeräusche. Anstatt den lieblichen Gesang der Frühjahrsboten zu hören, fixierte sie sich auf das Geräusch eines einzigen Vogels, einer Krähe. Die Krähe machte sie fast wahnsinnig. So ging es eine Zeit lang. Und Marie fing an, Tätigkeiten zur Entspannung zu machen. Sie begann lange zu duschen oder zu baden. Sie machte etwas Yoga und versuchte, zu lesen. Sie nahm ihr Buch zur Hand, auch wenn es ihr die meiste Zeit nicht gelang, sich ausreichend zu konzentrieren.

Wochen vergingen und Markus bemerkte, dass seine Frau immer in sich gekehrter und abweisender wurde.

„Was ist bloß los mit dir?"

„Nichts. Hör auf, mich das ständig zu fragen. Ich nehme jetzt ein Bad."

„Du hast doch heute schon geduscht."

„Ich nehme jetzt ein Bad."

Marie ging in das Bad und ließ die Wanne volllaufen. Sie machte das Wasser richtig heiß. Fast zu heiß, sodass Wasserdampf aus dem Bad stieg. Sie legte sich in die Badewanne und begann zu überlegen, was sie tun sollte. Es wurde einfach nicht besser. Immer noch träumte sie von den Augen der Kreatur. Die Augen waren stets starr vor Schreck und weit geöffnet. Sie überlegte, wieder mit dem Malen anzufangen. Doch beim letzten Mal hatte sie ein abstraktes Bild begonnen, das ihr erneut einen Schrecken versetzte. Wenn sie es mit einigen Metern Abstand betrachtete, konnte sie lauter kleine Augen darin erkennen.

„Was soll ich nur tun? Vielleicht doch ein Stillleben malen.", murmelte Marie vor sich hin.

Damals, als sie zur Universität gegangen war, hatte sie oft Stillleben gemalt. Das ganze Haus war voll davon. Vorsichtig winkelte sie das Bein an und machte es sich in der Badewanne bequem. Als sie mit dem Baden fertig war, stieg sie aus, nahm ein Handtuch und wickelte sich darin ein. Der Spiegel war beschlagen. Mit einem Handtuch wollte sie eine Fläche freiwischen. Zuerst bemerkte sie nichts. Doch dann sah sie es.

Sie sah die Worte: *Du erinnerst dich.*

Marie stand wie angewurzelt da. Sie versuchte zu begreifen, was da stand. Die Worte waren wie mit dem Finger geschrieben. In ihrer Panik wischte sie sie sofort weg und rief nach Markus.

„Was ist nun schon wieder los?"

„Ähm, hier stand etwas auf dem Spiegel. Es waren die Worte *Du erinnerst dich.*"

Markus sah auf den Spiegel, aber da stand nichts. Marie wollte sofort etwas erwidern, doch zunächst kamen keine Worte über ihre Lippen.

„Es stand da. Ich habe es dann weggewischt. Es muss ein Einbrecher im Haus gewesen sein. Ein Einbrecher, der etwas von dem Unfall mit dem Wolf weiß."

„Herrgott, Marie! Es war nur ein Unfall mit einem Tier. Du fängst langsam an, zu spinnen. Vielleicht hängt es damit zusammen, dass du selbst einen Unfall hattest. Du solltest einen Doktor aufsuchen."

Marie tat, was Markus von ihr verlangte, und ging zu Doktor Klein. Dieser war ein renommierter Psychologe und Psychotherapeut. Die ersten Besuche waren schwer. Es war nicht leicht für sie, über die Vorkommnisse zu sprechen. Sie erzählte ihm von ihrem Unfall, den sie allein gehabt hatte. Sie erzählte ihm davon, so gut es ging, da sie sich an vieles nicht mehr erinnern konnte. Warum war sie bloß um zwei Uhr morgens unterwegs gewesen? Wieso war sie auf einer wenig befahrenen Straße gegen einen Baum gefahren? Gab es überhaupt einen Geisterfahrer dabei? Das waren alles Fragen, die sie nicht beantworten konnte.

Nach und nach begann sie auch, von den unheimlichen Ereignissen in ihrem Haus zu erzählen. Den Unfall mit dem Wolf beschrieb sie detailgetreu.

„Ich sah die Augen dieser Kreatur offen. Diese kalten, gelben Augen. Sie verfolgen mich im Traum. Immer wieder diese Augen."
„Haben Wölfe überhaupt gelbe Augen?"
Stille machte sich breit und Marie begann auch zu glauben, dass sie verrückt geworden sei.
„Was empfehlen Sie mir?", fragte sie Doktor Klein ganz kleinlaut.
„Ich würde versuchen herauszufinden, was, so wie Sie es formulieren, die Gegenwärtigkeit in Ihrem Haus bedeutet. Was steht hinter den gelben Augen? Was verbirgt sich hinter den Worten *Du erinnerst dich?*" Marie war überrascht und erleichtert zugleich. Dieser Mann nahm sie ernst. Sie beschloss in dieser Angelegenheit neue Wege zu gehen. Am selben Tag suchte sie gleich nach der Sitzung eine Wahrsagerin auf. Es gab aber keinen Hinweis auf die Bedeutung der Worte. Die Deutung war allgemein und laut der Wahrsagerin sei Marie nicht schwanger, guter Dinge und würde das Haus renovieren. Das war natürlich keine Antwort.

Wochen vergingen und Marie zog sich immer mehr in sich selbst zurück. Sie suchte noch zwei Wahrsager auf. Doch auch diese lieferten keine passende Antwort. Auch nicht auf die aktuellen Ereignisse. Marie fand ständig kleine Steinchen, auf der Treppe und sogar auf ihrem Kopfkissen. Sie suchte immer wieder die Wahrsager auf. Auch Doktor Klein besuchte sie. Markus ging ihr immer mehr aus dem Weg. Er sprach kaum noch ein Wort mit ihr, bis er eines Tages sein Schweigen brach.

„Was soll das mit den Wahrsagern? Welches posttraumatische Meisterwerk soll das sein? Du solltest nur zu Doktor Klein gehen. Das geht so nicht mehr."
„Ich will herausfinden, was los ist. In jedem Traum sehe ich die gelben Augen der Kreatur, weit geöffnet. Was bedeutet die Farbe Gelb?"
„Ich weiß nicht. An dem Tag deines Unfalls an dem Baum hast du ein gelbes T-Shirt getragen."

„Und die Steinchen? Ich finde sie überall, auf der Treppe und sogar auf meinem Kopfkissen. Ganz gewöhnliche Kieselsteine waren das. Und die Worte *Du erinnerst dich.*"

Markus unterbrach Maries Äußerungen.

„Es reicht. Das wird schwer. Du hast es offensichtlich vergessen. An dem Tag deines Unfalls hatten wir einen fürchterlichen Streit. Du wolltest und solltest gehen."

Beide schwiegen, bis Markus das Schweigen brach.

„Ich war das mit den Kieselsteinen. Ich will, dass du gehst. Du erinnerst dich jetzt."

Der Krähenflug

Mit großem Schwung hebt die Krähe vom Dach ab. Leise saust der Wind an ihr entlang. Keiner schaut heute auf und ihr nach. Es ist schon später Nachmittag. Doch den schwarzen Augen entgeht kein Schatten und so fliegt es sich leicht in und aus der Stadt. Abendrot in allen Tönen.

Ein Auto, das zunächst auf der Bushaltestelle parkt, dann wendet, wieder wendet, erneut auf die Bushaltestelle fährt, stehen bleibt und dann auf den kleinen Weg hinter der Haltestelle einbiegt. An der Haltestelle steht eine andere Person. Der Autofahrer steigt aus und umarmt wild diese Person – dann ein Kuss. Beide steigen in das Auto. Dann fahren sie rückwärts auf die Bushaltestelle und danach auf der geschlängelten Straße wieder davon.

Die Krähe blickt dem Scheinwerferlicht hinterher. Nachdenklich landet sie auf einem Baum, nahe einer Viehweide. Als ihre Krallen den Ast berühren, hört sie ein seltsames Rascheln. Und sogleich sieht sie: Der Baum ist voller Spinnen.

„Wir beraten uns hier. Ich kann dir einen Schnellflug übers Land und mit bestem Blick auf den Sternenhimmel empfehlen. Wir beraten noch."

Die Krähe fliegt. Landet beim Fuchs, den sie gut kennt. Nachdenklich sitzt er auf der Bank.

„Wie geht es dir, alter Hase?", murmelt er.

„Ach, so viel bin ich heute gar nicht gehopst. Ich habe ein paar gute Landungen hinbekommen."

„Seltsame Zeiten. Kommst du mit zu mir in meinen neuen Bau?"

Die Krähe antwortet mit einem knappen „Ja".

Mathematischer Sinn

Mit zwei Koffern erreichen Sarah und Thomas die Hotellobby. Sogleich wird ihnen ihr Hotelzimmerschlüssel übergeben. Lange hatten sie diesen Urlaub geplant. Seit Wochen hat es kein anderes Thema gegeben. Ihr letzter Urlaub liegt lange zurück. Was zum einen an Thomas liegt. Als Mathematikprofessor hat er sich über die Jahre nur mit der Mathematik beschäftigt. Alles andere ist zweitrangig gewesen. Stunde über Stunde hat er in seinem Arbeitszimmer verbracht. Nun ist es an Sarah, den Ruhestand zu gestalten. Sie hat sich für das Reisen entschieden. Zuerst will sie Deutschland und dann die Ferne erkunden. Und nun sind sie endlich im Hotelzimmer angekommen. Beide sitzen auf der Terrasse und entspannen sich von der langen Fahrt. Thomas denkt an die vergangene Arbeit. Die Mathematik hat sein Leben begleitet und die Universität die Wochen gefüllt. Doch hat er es stets bedauert, dass es ihm an Zeit gefehlt hat, der Mathematik etwas Kreatives und Extravagantes zu geben. Nachdenklich schaut er in das Grün und atmet tief durch. In der Ferne erspäht er einen Igel. Es macht sich schon abendliche Dämmerung breit.

„Ich werde heute entspannen und lesen", meint Sarah.

Sarah ist eine begeisterte Leserin. Romane verschlingt sie am Stück in nur wenigen Tagen. Thomas hingegen fixiert immer noch den Igel und denkt über den Sinn der Mathematik nach. Von dem ersten Abstecken eines Feldes bis hin zur Berechnung von Planeten- und Satellitenbewegungen sind in der Geschichte mathematische Ansätze vertreten. Die Menschheit und die Mathematik im historischen Sinne haben ihn schon sein ganzes Leben lang begeistert. Die ersten Berechnungen der Ägypter und die der Römer bis hin zum Astronomen Kepler gehen ihm im Kopf herum. Was für eine Rolle spielt er selbst in diesem

Großen und Ganzen? Kleinlaut fragt er sich selbst nach seiner Bedeutung bei all dem. Ist seine Lehre das, was wirklich zählt? Ist es die Mathematik selbst, die etwas verändert hat und von Bedeutung war? Was wäre, wenn er nie gerechnet hätte? Wie sähe seine Welt dann aus?

Versonnen blickt er zu Sarah hinüber, die in ihr Buch vertieft ist. Dann fixiert er wieder den Igel.

„Ein Feld als Quadrat" murmelt er und lässt weiterhin den Igel nicht aus den Augen.

Er schaut wie gebannt auf die Silhouette des Igels und gibt keinen Ton mehr von sich. Dabei kneift er die Augen zusammen.

„Ein Kreis mit Radius zwei im Abstand von 1,5 vom Kreismittelpunkt zum Koordinatenursprung auf der y-Achse macht 1,3 als Abstand zum Schnittpunkt mit der x-Achse. Und x ist $\pm\sqrt{4 - (y - 1{,}5)^2}$."

In Gedanken ermittelt Thomas den Abbildungsmaßstab. Bei seiner Entfernung zum Igel kommt er auf einen Faktor von vier, um den er seinen Kreis vergrößern muss. Behutsam nimmt er sich einen Stift und ein Papier. Neben ihm steht noch ein Teller mit Schnittchen auf dem Beistelltisch. Er isst noch einen kleinen Happen und geht in Richtung Igel.

Sarah schaut auf.

„Was machst du? Was wird das?"

„Messen.", antwortet Thomas.

Er verschwindet im Dickicht.

Der Programmausfall

Es war wieder einer dieser Tage. Jim blickte auf die Uhr. Dreizehn Uhr und siebenundzwanzig Minuten. Es würde noch eine Zeit dauern bis zum Feierabend. Er hasste es, wenn nichts los war. Heute war es nahezu tödlich langweilig gewesen – absolute Stille. Nicht eine Meldung. Nicht ein Anruf. Seine Entscheidung, Polizist zu werden, hatte er nie bereut. Schon als kleiner Junge hatte er sich für den Beruf des Polizeibeamten entschieden. Es hatte keinen Fasching oder Halloween gegeben, an dem er nicht als Polizist verkleidet gewesen war. Entweder normal oder gruselig mit Blut und leichenblass zu Halloween. Es war eine tolle Zeit gewesen, an die er gerne zurückdachte.

Endlich hallte eine Meldung durch das Zimmer.
„Schlimmer Fall von Vandalismus und eventueller Raub im Einkaufszentrum. Polizeistreife erbeten."
Er ging sofort zu seinem Kollegen Bastian.
„Kriegen wir den Fall?"
„Ja."
„Dann lass uns fahren."
Am Einkaufszentrum angekommen bot sich den beiden ein schreckliches Schauspiel. Alles war rot verschmiert. Blutrote Pfützen säumten den Weg in der kleinen Gasse beim Hintereingang. Viele Kartons lagen verstreut daneben. Teilweise waren sie ausgepackt. Ein Fernseher stand allein am Boden, daneben die dazugehörigen Kabel. An der Hintertür standen in großen Buchstaben die Worte *ICH WERDE EUCH KRIEGEN: ICH WERDE ALLES KRIEGEN.*
„Ist jemand verletzt?"
„Nein. Von uns ist niemand verletzt. Es war auch kein Opfer zu finden, als ich das vorhin alles entdeckt habe. Innen ist eini-

ges durcheinander. Wir sind gerade dabei zu klären, was alles fehlt. Hauptsächlich Elektroartikel.", sagte ein Lagerist zu Jim.

„Ich werde nach Fingerabdrücken an der Tür sehen.", meinte Bastian.

„Gut. Ich kümmere mich um diese Schweinerei und versuche herauszufinden, ob es sich um Blut handelt.", entgegnete Jim und machte sich mit einem Wattestäbchen daran, eine Blutprobe von der Wand und aus einer Pfütze zunehmen. Der KM-Test ergab ein negatives Ergebnis. Das war ein forensischer Vortest zur Identifikation mutmaßlicher Blutproben. Aber es gab noch viel zu testen. Hierbei handelte es sich vermutlich um Kunstblut. Unmengen davon. Was sollte nur diese unglaubliche Menge? Jim machte sich daran, von allen Blutlachen Proben zu nehmen.

Nach einer Stunde war er fertig. Alle Proben ergaben ein negatives Testergebnis. Es war kein echtes Blut dabei. Es handelte sich also wahrscheinlich wirklich um künstliches Blut. Wegen der signifikanten Ähnlichkeit zu echtem Blut, so meinte Jim, musste es eines von hoher Qualität sein, vermutlich professionell hergestellt. Es war definitiv kein selbstgemischtes Kunstblut.

„Komm her, Jim. Ich habe einen Handabdruck."

Bastian hatte an der Tür keine Fingerabdrücke finden können, dafür aber einen Handabdruck. Neben der Hintertür, bei ein paar abgestellten Tonnen, war er in der Dunkelheit sichtbar. Jim leuchtete mit der Lampe hin und erkannte eine fasrige Struktur im Abdruck. Er zückte noch einen KM-Test und dieser ergab, dass es sich um Blut handelte. Das Ergebnis war schwach, aber es war da. Mit Luminol, einem chemischen Mittel, konnten sie das Blut durch Beleuchten im Dunkeln sichtbar machen; der Abdruck war der einer kleinen Hand, aber irgendwie wirkte dieser faserig.

„Sieht aus wie die Handfläche eines Kindes.", sagte Jim.

Bastian beäugte die Fläche.

„Es scheint ein Gewebe gewesen zu sein. So etwas wie ein Handschuh. Aber die Größe ist wirklich sehr klein. Hat jemand Angaben über ein Kind gemacht?"

„Nein. Es könnte auch sein, dass der Täter uns nur irreführen möchte. Schieß ein Foto davon."
„Mach ich."
„Was hat die Spurensicherung in der Lagerhalle ergeben? Was fehlt im Sortiment?"
„Alles blitzeblank. Es fehlten ein paar Fernseher und DVD- und Blu-Ray-Player. Es ist aber auch viel zerstört. Mit einem harten Gegenstand sind einige Fernseher zerschlagen worden."

An der Polizeiwache angekommen sortierten Jim und Bastian erst einmal die Beweismittel und füllten eine Pinwand mit allem, was den Fall betraf.

„Das muss ein Wahnsinniger gewesen sein.", seufzte Bastian.

Es dauerte ungefähr eine Woche und sie wurden zum nächsten Fall gerufen. Diesmal war es vor dem Hintereingang in einer Bowlingbahn. Wieder waren die Wände verschmiert und wieder war es Kunstblut. Diesmal stand dort zusätzlich ein Fernseher mit Videorecorder und zeigte ein Video von Kunstblutlachen. Am Ende des Videos gab es in blutroter Schrift die Worte *Ich werde es kriegen. Keiner kann mich aufhalten* zu lesen. Wieder untersuchten Bastian und Jim die blutroten Verschmierungen. Neben einem größeren Kunstblutfleck gab es diesmal zwei kleine Punkte echten Blutes.

„Soll das die Anzahl sein? Jim, er beginnt mit uns zu spielen."
„Ja. Wie ein Kind. Alle seine Äußerungen sind voller Rätsel. Was will er kriegen?"

Wieder waren Gegenstände zerstört und geraubt worden. Es fehlten eine Tonne und Plüschtiere aus einem Plüschtierautomaten. Bastian und Jim beschlossen, dass es sich bei den Mengen an Kunstblut um einen professionellen Zusammenhang handeln musste. Sie riefen bei der Oper und in Theatern an. Aber es gab keinen Kunstblutraub oder -verkauf und der Bestand war unberührt.

Dann, in der zweiten Woche nach dem ersten Raub, gab es kurz hintereinander zwei weitere Einbrüche. Einer davon war bei der örtlichen Stromversorgung und die ganze Stadt hatte für zwei Stunden keinen Strom mehr. Man fand dort blutgetränkte Socken, die von der Stromleitung hingen, und an einem anderen Tatort ein blutverschmiertes Plüschtier. Die Größe der Hände des Plüschtieres entsprach ungefähr dem Handabdruck. Der Stromausfall traf auch Bastian und Jim. Beide waren gerade dabei, den Umkreis festzulegen, in dem es sich lohnte nach der Ursache der Kunstblutlachen zu suchen. Es kam zu einem Programmausfall durch den Stromausfall. Vor dem Ausfall hatte ihnen das Programm nicht so recht weitergeholfen. Es gab keine Treffer. Diese Unmenge an Kunstblut war weder irgendwo gestohlen noch gekauft worden. Jim überlegte.

Eine Woche darauf kam es zu einer Serie von Vandalismusvorfällen. Der Täter schien sie ziemlich an der Nase herumzuführen. Enttäuscht ließ Jim sich auf den Stuhl zurückgleiten. Er hatte sich schon als Kind für den Beruf des Polizisten interessiert. Doch gab es in seinem Leben auch eine Zeit, in der er sich nach etwas anderem gesehnt hatte. Er hatte vor seinem Eintritt bei der Polizei Mathematik studiert. Mathematik hatte ihm das Gefühl gegeben, auf alles, was sinnvoll war, auch eine genaue Antwort zu bekommen. Es war eine schöne Zeit gewesen.

Er überlegte fieberhaft, was er als Nächstes tun sollte. Der seiner Meinung nach einzig sinnvolle Ansatz war das Kunstblut. Hatte er etwas übersehen? Nein. Für die Äußerungen gab es nicht genug Indizien. Der Kreis der Verdächtigen, ehemalige Straftäter, hatte nach Zeugenbefragungen nichts ergeben. Er musste den Ansatz mit dem Kunstblut weiter verfolgen. Er druckte sich eine Liste von Einkaufsläden aus der Gegend um die ersten beiden Vandalismusfälle aus.

Er ging nach Hause. Der Fall und die Tatsache, dass sie im Dunkeln tappten, erschauderten in zutiefst. Er brauchte Abstand. Seine Enttäuschung von den bisherigen Ermittlungen trieben ihn zu der Idee selbst zu rechnen. Der Täter spielte mit ihnen und das gefiel Jim nicht. Er ließ ihn nicht mehr los und so beschloss er, Mathematik anzuwenden. Er dachte an die Wahrscheinlichkeitsrechnung. Die Wahrscheinlichkeit, mit einem Würfel die Zahl Sechs zu würfeln, beträgt bei einem idealen Würfel ein Sechstel. Sollte er würfeln? Egal wie – er würde sich morgen die Mühe machen, die sechs Einkaufsläden mit seinem Partner abzufahren. Gedankenversunken schenkte er sich ein Glas Brandy ein. Der Fall ließ ihn nicht mehr los, alles daran war so perfide und hatte doch auch Systematik. Systematik, dachte er. Vielleicht kann ich über eine Näherungsformel das zukünftige Verhalten dieses Wahnsinnigen entschlüsseln.

Summen wurden als Näherung verwendet. Er dachte an die einfache Summe, die Summe über 1, zurück, um sich der Regeln wieder bewusst zu werden.

Die Summe über 1 von k gleich 1 bis 1 war 1:

$$\sum_{k=1}^{1} 1 = 1$$

Die Summe über 1 von k gleich 1 bis 2 war:

$$\sum_{k=1}^{2} 1 = 1 + 1 = 2$$

Die Summe über einen variablen Ausdruck war analog. Die Summe über k von k gleich 1 bis 2 war 3:

$$\sum_{k=1}^{2} k = 1 + 2 = 3$$

Er notierte sich eine Tabelle zu der Summe über k:

n	0	1	2	3	4
$\sum_{k=0}^{n} k$	0	1	3	6	10

Die Summe passte noch nicht zu den Vandalismusvorfällen. Diese begann zwar für n=1 mit einem Vorfall, doch bei n=2 ergab sie gleich den Wert 3. Das war falsch. Am Anfang seiner Ermittlungen war es ein Vorfall gewesen. Eine Woche danach der zweite Vorfall. Und wieder eine Woche danach zwei Vorfälle. Und jetzt weitere. Er vermutete einen exponentiellen Verlauf. Die Summe über den Ausdruck (k-1) zum Quadrat brachte nach dem zweiten Glas Brandy eine gute Lösung. Wieder notierte er sich eine Tabelle:

Woche	n	0	1	2	3	4
Vorfälle	$\sum_{k=0}^{n}(k-1)^2$	1	1	2	6	15

Ungläubig beäugte er seine Formel. Für den Zeitpunkt n=0, also dem Anfang, ergab sich ein Vorfall. Danach im Wochenabstand von einer Woche die Werte 1 und 2. Das schien genau zu passen. Es war normalerweise nicht üblich, eine Formel für Straftaten zu entwickeln. Aber die Schnelligkeit, in der diese verübt wurden, machten Jim Sorgen und so vertraute er auf die Formel. Er musste dringend über die weiteren Vorfälle von Vandalismus recherchieren. Seine Näherung ergab 6 weitere Vorfälle. Vielleicht gab es einen ähnlichen Zusammenhang zu den anderen Vorfällen und es war derselbe Täter. Wenn nicht, so könnte es sich auch um einen Nachahmungstäter handeln. Die Medien berichteten über den Kunstblutmörder:

Er tötet keine Menschen, aber unsere Ruhe.
Kunstblutmassaker geht in die zweite Runde
Blutiges Stofftier, könntest du nur reden!

Die Zeitungen hatten nahezu eine Panikbewegung hervorgerufen. Bei der Polizei waren auch viele Fälle über Blutflecken in Gärten eingegangen. Es gab auch einen vermeintlichen Blutfleck auf einem Schuh, der auf einer Veranda stehen gelassen worden war. Jim und Bastian hatten diese Meldungen ignoriert und als Panik-Meldungen abgetan. Aber jetzt, als er länger darüber nachdachte und seine Formel bedachte, schien Jim, dass es sich mittlerweile auch um eine Gruppe handeln könnte, die er verfolgte. Er nahm sich nochmals seine Formel zur Hand und notierte sich eine neue Tabelle.

Woche	n	0	1	2	3	4	5	6	7	8
Vorfälle	$\sum_{k=0}^{n}(k-1)^2$	1	1	2	6	15	31	56	92	141

Wenn das wirklich ein Gruppenphänomen war und es sich nicht mehr nur um einen Täter handelte, könnte die Summe eine Tendenz von zukünftigen Vandalismusfällen aufzeigen. Jim betrachtete die Tendenz, die sich nach einem Monat laut Formel ergeben würde. Nach einem Monat würde es sich schon um fünfzehn Vorfälle handeln. Nach zwei Monaten wären es schon 141 Vorfälle.

Jim war schockiert. Er musste unbedingt etwas tun. Er rief Bastian an.

„Bastian, ich glaube, ich habe etwas herausgefunden. Du musst dir das morgen ansehen. Ich glaube, ich habe einen Zusammenhang entdeckt. Du erinnerst dich doch an die Meldungen von weiteren Vorfällen."

„Ja, schon."

„Ich glaube, dass wir keinen Einzeltäter mehr jagen, sondern mittlerweile eine Gruppe von Tätern."

„Was?"

„Wie viele es sind kann ich nicht genau sagen. Ich kann nur vermuten, dass ihre Zahl auch wie die Straftaten exponentiell zunehmen. Bitte lass uns morgen alle Meldungen prüfen."

„Ja, O.K."

Am nächsten Morgen gingen Bastian und Jim alle bekannten Vorfälle von Vandalismus durch. Sie schränkten ihre Suche auf

rote Flecken, Kunstblut, Sprüche und Botschaften ein und suchten auch in angrenzenden Bundesländern nach solchen Vorfällen. Sie wurden fündig. Innerhalb der ersten zwei Wochen gab es keine weiteren Vandalismusvorfälle außer den vier bekannten. Danach gab es sieben.
„Das ist ziemlich nahe an deiner Formel. Ich beginne, dir zu glauben."
„Ja. Es könnte auch ein Ausreißer dabei sein, der nicht dazu gehört. Aber es stimmt ziemlich gut."
Die Wochen vergingen und der Vandalismus nahm stetig zu. Im Abstand von einer Woche gab es fünfzehn Vorfälle. Jim und Bastian beriefen eine Konferenz mit anderen Bundesländern ein. Gab es dort ähnliche Vorfälle? Die Medien überschlugen sich. In Zusammenarbeit mit anderen Kollegen aus anderen Bundesländern recherchierten sie eine Liste von Einkaufszentren, in denen Kunstblut verkauft wurde. Es gab auch drei Gothic-Läden, die soetwas anboten. Leider gab es nur bei einem eine ausreichende Menge an Kunstblut im Verkauf. Der Ladenbesitzer hatte jedoch keine Auffälligkeiten bemerkt. Es hatte so gut wie niemand dieses Mittel in den letzten Monaten gekauft. Nur ein Veranstalter hatte eine größere Menge gekauft. Jim vernahm den Mann. Aber seine Weste war schneeweiß und so kam in dem Gespräch nicht nichts zutage. Zudem hatte er für einen Zeitraum von drei Wochen ein Alibi. Er war auf einer Geschäftsreise in den Vereinigten Staaten gewesen. Jim hatte nicht das Gefühl, dass das sein Täter war. Er konnte auch nicht zu der Gruppe der Nachahmungstäter gehören. Zudem machte der Veranstalter auf Jim nicht den Eindruck, dass er so etwas tun würde. Er war der Gothic-Szene zugehörig, aber das auf eine normale Weise im Sinne seines Veranstaltungskonzepts. Es gab keine Auffälligkeiten bezüglich Vandalismus. Enttäuscht wandte sich Jim von dem Mann ab und verblieb mit den Worten, dass im Fall des Falles er sich nochmal bei ihm melden würde.

Er kontaktierte Bastian, um ihm mitzuteilen, dass dies nicht der Mann sei. Danach ging er nach Hause. Dort angekommen machte er sich noch über die Liste der Einkaufszentren und seine Mathematikbücher her. Er hatte das Gefühl, dass es noch etwas geben müsste. Bisher waren es fünf Zeitpunkte gewesen, an denen es zu Vandalismus gekommen war. Der Täter musste zu fünf Zeitpunkten eingekauft haben, wenn er keine Möglichkeit zur größeren Lagerung des Kunstblutes hatte. Jim verglich die Liste der Einkaufszentren. Es waren fünfundzwanzig Einkaufszentren.

Wenn in fünf davon eingekauft wurde, betrug die Wahrscheinlichkeit, beim ersten Versuch eines dieser Einkaufszentren, in denen der Täter eingekauft hatte, zu finden, P(Fund)=5/25. Eifrig notierte Jim:

$$P(Fund\ 1) = \frac{5}{25} = \frac{1}{5}$$

Wenn Jim beim ersten Versuch einen Treffer hätte, so wäre die Wahrscheinlichkeit, beim zweiten Versuch wieder einen Treffer zu haben, P(Fund 2 | Fund 1) = 4/24.

$$P(Fund\ 2\ |\ Fund\ 1) = \frac{4}{24} = \frac{1}{6}$$

Nun interessierte Jim die Wahrscheinlichkeit, mit einem Auto hintereinander zwei der gesuchten Einkaufszentren aufzusuchen. Fleißig rechnete er:

$$P(Fund\ 1 \cap Fund\ 2) = P(Fund\ 1) \cdot P(Fund\ 2\ |\ Fund\ 1) = \frac{1}{5} \cdot \frac{1}{6} = \frac{1}{30} \approx 0{,}03$$
$$\approx 3\%$$

Das ist verflucht wenig, schimpfte er. Er rechnete sich die Wahrscheinlichkeit aus, fünf der gesuchten Einkaufszentren hintereinander aufzusuchen. Dabei kürzte er ab. Der erste Fund sollte nun das Ereignis *A1*, der zweite *A2*, der dritte *A3*, der vierte *A4* und der fünfte *A5* sein.

$$P(\cap A_i) \text{ mit } i \in \{1,2,3,4,5\} = \frac{1}{5} \cdot \frac{1}{6} \cdot \frac{3}{23} \cdot \frac{1}{11} \cdot \frac{1}{21} = 0,002\%$$

Jim war schockiert. Die Wahrscheinlichkeit mit einem einzigen Wagen hintereinander die fünf Treffer zu erzielen, betrug nur 0,002 Prozent.

Er rechnete weiter, um herauszufinden, wie es mit der maximalen Anzahl von zwei Autos stand. Wenn sie ein Gebiet zu gleichen Teilen aufteilen würden und die Treffer auch genau gleich aufgeteilt wären, hieße es nun folgendermaßen:

$$P(Fund\ 1) = \frac{2,5}{12,5} = 0,20$$

$$P(Fund\ 2\ |\ Fund\ 1) = \frac{1,5}{11,5} = 0,13$$

$$P(Fund\ 1\ \cap\ Fund\ 2) = P(Fund\ 1) \cdot P(Fund\ 2\ |\ Fund\ 1) = 0,20 \cdot 0,13 \approx 0,03$$
$$\approx 3\%$$

Beide Wagen würden mit einer Wahrscheinlichkeit von drei Prozent jeweils zwei Einkaufszentren hintereinander aufsuchen. Er beschloss, noch weitere Hilfe anzufragen, um die Einkaufszentren abzufahren. Er wollte um jeden Preis den Täter so schnell wie möglich erwischen. Es war noch nicht so spät am Abend und so rief er Bastian an. Sie besprachen das genaue Vorgehen.

Am nächsten Morgen erhielt er die Information, dass ihm zwei Wagen zur Verfügung standen. Jim wollte den Täter endlich erwischen. Er konnte das echte Blut vom Anfang nicht vergessen. Was, wenn es sich nicht um einen reinen Fall von Vandalismus handelte? Was, wenn es doch ein Opfer gab?

Dieser Gedanke ließ ihn nicht mehr los. Zusammen mit der Verstärkung erarbeitete er ein Konzept, um die Einkaufszentren nach Priorität aufzuteilen.

Beide Wagen fuhren die besprochene Route ab und innerhalb von einem Tag hatten Jim und Bastian den ersten Treffer. Es war ein Einkaufszentrum weit abseits von den Tatorten. Der Ladenverkäufer erinnerte sich an eine männliche Person, die eine große Menge an Party-Kunstblut gekauft hatte. Der Mann war dem Verkäufer aufgefallen, weil er ziemlich verstört schien, als er das Kunstblut bezahlt hatte. Es folgten vier weitere Treffer. Der Mann hatte ausschließlich in Einkaufszentren das Kunstblut besorgt. Er kannte die genauen Verkaufszeiten sowie auch die zwei Einkaufszentren, die es dauerhaft im Sortiment anboten. Er musste vom Fach sein. Sicherlich war er ein Verkäufer. Mehr konnten Bastian und Jim noch nicht sagen. Ein vorbestrafter Straftäter war er nicht, diese Suche nach diesem Mann ergab nichts. Jim setzte eine Täterbeschreibung aus den Zeugenaussagen auf. Sie gaben eine Fahndung aus und informierten die Medien. Aus den Umkreisen um die Einkaufszentren und die Tatorte ermittelten sie die Schnittmenge. Nun hatten sie die Gebiete ermittelt, die nah an den Einkaufszentren und den Tatorten waren. Sie setzten dort auch noch einmal auf gezielte Zeugenbefragungen, zum Beispiel an Tankstellen. Es gab ein paar Hinweise, aber nichts Konkretes.

„Was hältst du davon, weiter nach Angestellten im Einzelhandel in dieser Schnittmenge zu suchen?", fragte Bastian.

„Ja, das ist eine gute Idee," antwortete Jim.

Etliche telefonische Befragungen später endlich der erste Treffer: Ein Mann, Ende vierzig, groß, schlank, hatte seinen Job an der Kasse kurz vor dem ersten Vorfall verloren. Es war ein hässlicher Moment gewesen. So erinnerte sich der Ladenbesitzer. Er hatte den Laden mit den Worten „Blutsauger! Ich werde euch kriegen!" verlassen.

„Wir haben den Mann.", sagte Jim.

Das Treffen

Emma hatte nie die Einzigartigkeit ihrer zwei Tage bei der Erkundung des Verhaltens einer Libelle vergessen und wurde zu einer regelmäßigen Zoobesucherin. Es war derselbe freundliche Sommer, genauso wie bei ihrer Zeit am Bach. Im Zoo war ihr das Tropenhaus am liebsten. Im Sommer als auch im Winter war das Tropenhaus mit seiner wohligen Wärme ihr Lieblingsort. Die Pflanzen darin, alle von einer ganz besonderen exotischen Pracht, schätzte sie sehr. Es gefiel ihr so sehr, dass sie begonnen hatte, ihre kleine Wohnung mit exotischen Pflanzen zu füllen. Sie ging regelmäßig einmal im Monat in den Zoo. Nun war es auch wieder soweit und Emma machte sich an diesem Dienstagmittag auf den Weg dorthin, in die nicht so ferne Großstadt.

Emma mochte das Gewusel der vielen Menschen eigentlich nicht besonders, aber die Tiere machten wieder alles wett. Im Zoo angekommen begrüßte sie erst einmal die Steinböcke. Sie gab ihnen etwas Futter und beobachtete sie freudig beim Fressen. Das war ihr Ankunftsritual im Zoo. Danach wanderte sie umher. Das Fernglas bot einen großen Vorteil bei der Beobachtung der Vögel. Meistens kamen die Vögel nicht ganz an den Rand der Voliere, um sie gut mit bloßem Auge beobachten zu können. Emma beobachtete an diesem Tag Flamingos, Pelikane, Bussarde und Falken. Danach holte sie sich an einem Kiosk eine kleine Stärkung. Ein Bier und einen kleinen Burger dazu. Darauf ging sie forschen Schrittes in das Tropenhaus. Vorbei an den Tigern zu ihrem besten Freund, dem Panther. In den Jahren, seitdem sie regelmäßig in den Zoo ging, war das ihr liebstes Tier geworden. An diesem Tag beließ sie es aber bei einem kurzen „Hallo!" und einer kurzen Zusammenfassung der Ereignisse seit ihrem letzten Zoobesuch. Sie hatte an diesem Tag nur ein Ziel, und zwar ihre Lieblingsbank hier im Tropenhaus. Ein kurzer Blick und, ja, sie hatte Glück: Die Bank war frei.

Emma setzte sich auf die Bank, doch es dauerte nicht lange und neben ihr begann ein Mann mit Arbeiten. Er schleppte Gerüststangen herbei und ließ sie geräuschvoll zu Boden. Zunächst ärgerte sie sich darüber. Doch dann gefiel er ihr. Er gefiel ihr immer mehr. Es war fast so, als ob sie sich bereits seit Jahren kannten.

„Seltsam", sagte Emma.

„Was haben Sie gesagt?", fragte der Mann.

„Ähm. Nichts. Wie soll ich sagen? Sie sind mir eben aufgefallen."

„Aufgefallen? Das ist aber eine nette Beschreibung. Was machen Sie hier im Zoo?"

„Ich komme regelmäßig hierher. Ich gehe hier gern spazieren und beobachte die Tiere. Ich habe ein Fernglas. Am Ende gehe ich immer in das Tropenhaus. Ich liebe es. Die Wärme und die tropischen Pflanzen vermitteln mir ein wohliges Gefühl."

„Das ist schön. Sie beobachten also gerne Tiere. Ich bin eigentlich Bestatter. In meiner freien Zeit bin ich aber der, der ich wirklich sein will. Ein Jäger, ein Schnappschussjäger sozusagen. Ich liebe es, Fotografien von Tieren zu machen. Am liebsten mache ich es so, dass die Tiere sich unbeobachtet fühlen. Das mache ich mit Fotofallen. Das ist meine wahre Leidenschaft. Und bei Ihnen?"

„Bestatter. Das stelle ich mir sehr schwierig vor. Bei mir? Ich beobachte die Tiere immer mit dem Fernglas. Manchmal mache ich mir auch Notizen zu ihrem Verhalten. Das Ganze fing an, als ich eines Tages den Flug einer Libelle erkunden wollte und, nun ja, jetzt ist der Zoo mein Erkundungsobjekt geworden."

„Einen Libellenflug erkunden ... Das stell ich mir schwierig vor. Die können, glaub ich, ziemlich schnell und chaotisch umherfliegen, wenn man ihnen zu nahe kommt. Ähm, es ist schon lange her, dass ich jemandem zuletzt diese Frage gestellt habe:

Möchten Sie einen Kaffee mit mir trinken? Also, wenn ich fertig bin. Ich habe diesen Nebenjob angenommen und wenn ich das Gerüst fertigaufgestellt habe, können wir Kaffee trinken. Wird aber nicht mehr lange dauern. Ich bin übrigens Tom."

„Schön, dass Sie die Frage gestellt haben. Ja, ich möchte. Ich bin Emma." Beide lächelten.

Die geheime Bar

Es war schon später Abend. Die Lichter der Stadt traten in Wettbewerb mit den Sternen am Firmament. Es war eisig, typisch für Dezember. Schnee bedeckte die Straßen und Gehwege. Gerd war noch im Büro. Ein harter Arbeitstag lag hinter ihm und er konnte immer noch nicht von der Arbeit ablassen. Heute hatten sie ein wichtiges Projekt abgesegnet. Er wollte noch die letzten Daten durchgehen. Nach einer Stunde war er fertig. Allein saß er im Büro und überlegte. Zuerst dachte er noch an das Projekt, doch dann ergriff ihn eine tiefe Melancholie. Er dachte an sein bisheriges Leben zurück. Die Tatsache, dass er sich für das Studium der Elektrotechnik entschieden hatte. Er fragte sich, wie sein Leben wohl verlaufen wäre, wenn er doch nur ein Koch oder etwas Vergleichbares geworden wäre. Es schien ihm so viel einfacher, diese fremde Welt. Wäre das nicht besser gewesen als all die endlosen Überstunden und zu Beginn die Strapazen des Studiums? Wäre er als Koch glücklicher geworden? Wäre das besser gewesen? Oder lag es einfach nur an der Tristesse, die die Entwicklung in den letzten Jahren mit sich gebracht hatte? Er hätte ja auch eine Ingenieurskarriere im Vertrieb anstreben können. Wäre der Vertrieb mit den vielen Reisen eine bessere Wahl gewesen? Fragen über Fragen türmten sich vor Gerd auf, aber keine klare Antwort. Er war vielleicht auch so melancholisch, weil er in den letzten zehn Jahren ziemlich vereinsamt war. Es hatte nur die Arbeit gezählt. Sein Privatleben war bis auf ein paar Treffen mit seinem besten Kumpel ein leeres Feld der Langeweile und Einsamkeit geworden. War er ein einsamer alter Mann geworden? Nein. Das wollte er um keinen Preis sein. Er steckte vielleicht nur in einer Midlife-Crisis. Das müsste sich doch wieder beheben lassen.

Um einundzwanzig Uhr beschloss Gerd, das Büro zu verlassen und seinen Kumpel Simon anzurufen. Vielleicht war auch Simon der Grund für Gerds melancholischen Vergleich mit anderen Lebenswegen. Simon war ein Vertriebsgenie. Er hatte Betriebswirtschaftslehre studiert und sich in der Branche recht schnell einen Namen gemacht. Schon während des Studiums hatte er durch sein lockeres und offenes Auftreten überzeugt. Er war das Gegenteil von Gerd. Gerd war introvertiert. Simon war eindeutig extrovertiert. Aber zusammen ergaben sie eine Mischung, die Gerd auftauen ließ und Simon etwas zur Ruhe und zum Nachdenken brachte. Simon war kein Frauenheld. Aber mit seiner Art brachte er so mancher Frau schnell das Herz zum Hüpfen. Gerd hingegen war den Frauen gegenüber sehr zaghaft. Zudem hatte er immer das Bedürfnis, einer Frau alles von seiner Arbeit zu erzählen. So kam es schon vor, dass eine Frau, die zu Besuch bei ihm war, sich erst einmal durch allerhand Signaltheorie kämpfen musste, ehe sie nur ein persönliches Wort zu hören bekam. Gerd schätzte das weibliche Geschlecht sehr und hielt es keineswegs für technisch unbegabt. Gerade wenn eine Frau keine Erfahrung auf diesem Gebiet vorwies, bemühte er sich, so einfach wie möglich die Theorien und die Praxis zu erklären. Vielleicht hätte er Lehrer werden sollen.

An der Tramhaltestelle angekommen zückte Gerd sein Handy und wählte Simons Nummer.

„Hey, Champion. Wie geht's dir?", hallte es durch den Lautsprecher des Handys.

„Mir geht es so ganz gut. Viel Arbeit heute gehabt."

„Ich merk schon. Es ist zehn nach neun."

„Ja. Mir war einfach nicht danach, die Arbeit liegen zu lassen."

„Das kann man doch auch anders haben. Was hältst du von einer unvergesslichen Nacht? Heute ist ja Freitag."

„Eine unvergessliche Nacht?"

„Ja. Es gibt da eine neue Bar. Ein Taxifahrer hat mir davon erzählt. Es ist eine geheime Bar, von der nur auserwählte Leute erfahren."

„Und du sollst einer dieser Auserwählten sein?"

„Ja. Der Taxifahrer hat mir das Codewort verraten. Lass uns ihn anrufen. Ich komme zu dir und wir lassen uns von ihm dorthin bringen. Aber sei kein Spielverderber."

„Wieso?"

„Die Fahrt dorthin ist geheim. Man wird uns die Augen verbinden."

„Was? Das klingt ja gruselig. Aber gut, ich will kein Spielverderber sein. Wann kannst du hier sein?"

„Ja! Endlich! Das wird eine Nacht, die du nie vergessen wirst. Ich schwöre es dir. Ich bin in zwanzig Minuten bei dir."
Gerd setzte sich erwartungsvoll auf die Sitzbank an der Tramhaltestelle. Eine Nacht wie keine andere je zuvor, die er nie vergessen würde, könnte er gut gebrauchen. Er überlegte kurz und beschloss, bei dem nicht weit entfernten Imbiss noch einen Happen zu essen. Es gab ein Falafel-Sandwich.

Nach zwanzig Minuten kam auch schon Simons Tram. Mit einem breiten Lächeln stieg Simon aus. Dabei rannte er fast eine andere Frau um. Böse sah sie in ihn an. Mit einem unschuldigen Lächeln wickelte er die Situation ab. Die Frau konnte nicht länger böse sein und lächelte zurück. Das war Simons Charme. Großen Schrittes bewegte sich Simon auf Gerd zu. Man konnte seine Vorfreude und seine innere Spannung auf die heutige Nacht förmlich riechen. Rausgeputzt und in einer Wolke aus Aftershave trat er vor Gerd.

„Bist du bereit?"

„Ja.", erwiderte Gerd.

„Ich rufe jetzt das Taxi."

Simon nahm sein Handy und eine kleine Visitenkarte aus seiner Tasche. Es dauerte, bis das Taxi kam, und beide standen wie angewurzelt an der Straße. Dann war es endlich da. Beide stiegen ein.

„Wir wollen zur ‚Höhle des Löwen'", sagte Simon zum Taxifahrer.

„Ich verstehe.", sagte der Taxifahrer und zog neben dem Fahrersitz zwei schwarze Augenbinden hervor. Simon und Gerd verbanden sich die Augen und die Fahrt ging los.

Es war ein komisches Gefühl, so blind herumkutschiert zu werden. Gerd war ein bisschen nervös. Simon wohl eher nicht. Er unterhielt sich eifrig mit dem Taxifahrer und versuchte, doch

Informationen über den Fahrtweg herauszufinden. Vergeblich – der Taxifahrer hielt den Ort streng geheim. Ob sie dort wohl auf Prominente treffen würden?, fragte sich Gerd. Es war ja doch ein ziemlicher Aufwand. Eine geheime Bar. Da schien doch Geld dahinter zu stecken.

Nach ungefähr einer halben Stunde sagte der Taxifahrer, dass sie ihre Augenbinden abnehmen dürften. Als Gerd dies tat, schaute er sofort aus dem Fenster heraus. Er wollte unbedingt wissen, wo er war. Als er die Augenbinde noch hatte, hatte er das Gefühl gehabt, dass sie auf der Autobahn gefahren wären. Er kannte sich gut aus im Umland um die Stadt herum. Doch es war Nacht und es gab auf der Strecke auch kein Ortschild oder Verkehrsschild, das die Lage verraten hätte. Es war eine kurvige Straße, auf der sie fuhren. Umringt von dunklen Nadelwäldern bahnte sich das Auto seinen Weg. Etwas mulmig wurde Gerd schon. Der Weg war wirklich geheim. Er erkannte gar nichts. Nach ein paar Minuten nahmen sie eine Abzweigung auf einen Schotterweg. Der Weg war nach ein paar Metern mit Laternen beleuchtet. Das gab dem Ganzen schon den Eindruck, dass es sich bei den Veranstaltern um einen Kult oder etwas Derartiges handeln musste. Er würde doch wohl nicht zu einer geheimen Sekte fahren? Das wäre nicht das, was Gerd und Simon sich erhofft hatten.

Nach wenigen Minuten auf dem Schotterweg erreichten sie ein kleines Haus. Der Taxifahrer hielt an.

„So, da sind wir. Viel Spaß, Jungs. Es ist eine ganz eigene Bar mit viel Flair und einer tollen Location. Es gibt mehrere Räume. Je nachdem, was einem gefällt. Wenn ihr wieder fahren wollt, ruft mich einfach unter der Telefonnummer an. Ich hole euch ab."

Simon zahlte die Taxifahrt und beide stiegen aus.

„Was meinst du dazu?", fragte Gerd Simon.

„Es ist ein bisschen gruselig, aber lass uns mal sehen. Vielleicht wirkt es nur im ersten Moment so."

„Ja. Gut. Lass uns reingehen. Ich bin schon gespannt. Bis jetzt ist die Nacht auf jeden Fall schon wegen der Fahrt unvergesslich."

Beide nahmen den kleinen Kiesweg hin zur Eingangstür. Es war eine große Tür aus Massivholz. Neben der ihr befand sich eine kleine Klingel. Beide zögerten einen Moment. Doch dann betätigte Simon die Klingel. Die Tür öffnete sich und ein kleiner Mann mit Frack stand da.

„Sie sind also neu. Herzlichen Glückwunsch! Ich werde Ihnen gleich die Örtlichkeit zeigen. Heute sind an die zwanzig Gäste hier. Eine nette beschauliche Runde. Sie werden sich sicherlich gut unterhalten. Treten Sie ein."

Simon und Gerd taten, was der Mann verlangte.

„Hier ist das erste Zimmer. Es ist im amerikanischen Kolonialstil gehalten. Hier können Sie sich an der Bar zu den Klängen von live gespielter Jazz-Musik entspannen. Es gibt insgesamt vier Zimmer. Einen Klassik-Raum, einen Raum mit Countrymusik und einen mit Popmusik. Zusätzlich haben wir einen wunderschönen Wintergarten. Ich zeige Ihnen noch alle Räumlichkeiten und wünsche Ihnen einen schönen Abend."

Der Mann führte sie durch alle Zimmer. Der Raum mit der Jazzmusik war in edlem Mahagoniholz gehalten. Dazu bestand die Beleuchtung aus vielen Kerzen. Der Raum, in dem Countrymusik gespielt wurde, leuchtete in schrillen Neonfarben. Der Klassik-Raum war ein mit Buchenholz und fernöstlichen Teppichen liebevoll gestalteter Raum. Der Popmusik-Raum war auch mit Neonlichtern beleuchtet und glänzte mit einer ganz bunt bemalten Bar. Simon entschloss sich für den Popmusik-Raum und Gerd für den Raum mit der Countrymusik.

Als Simon sich von Gerd verabschiedete, fühlte sich Gerd zunächst etwas verloren. Er kannte hier doch keinen. Er steuerte zielgerichtet die Bar an. Dort fiel ihm sofort eine Frau auf. Er konnte sie nur kurz von der Seite betrachten. Er fühlte sich aber sofort zu ihr hingezogen. Die Frau an der Bar war ein Geheimnis sowie diese Bar. Er wusste nichts von ihr und doch kam es ihm so vor, als ob sie sich schon Jahre kannten. Wie sollte er sie nur ansprechen? Er war ja eher introvertiert und es war doch eher so, dass meistens die Frauen den ersten Schritt beim Kennenlernen machten. Gerd fasste sich ein Herz, stellte sich genau neben die Frau an die Bar und orderte einen Cocktail.

„Einen Mai Tai, bitte."

Die Frau drehte sich zu ihm und begann ein Gespräch.
„Wie lange wollen Sie mich noch anstarren, bevor Sie mir einen Drink spendieren?", sagte sie mit einem Lächeln.
Gerd war über ihre Direktheit überrascht und zugleich peinlich berührt, weil es ihr aufgefallen war.
„Was möchten Sie denn trinken?"
„Ich hätte gern auch einen Mai Tai."
Der Barmann nahm Gerds Bestellung entgegen und wenig später genossen beide ihren Cocktail.
„Wie hat es Sie hierher verschlagen?", fragte die Frau.
„Ich bin über einen Freund hier hergekommen. Er kannte das Passwort von einem Taxifahrer. Es ist ein seltsamer Ort. Ich hatte bei der Fahrt schon alles Mögliche vermutet. Aber hier mit Ihnen fühle ich mich wohl und erwarte einen schönen Abend."
„Danke. Es ist ein geheimer Ort der Ruhe, mit passender Musik und guter Gesellschaft. Der Besitzer hatte das Konzept entwickelt, weil es eine nicht so überfüllte Bar sein sollte. En Ort im Geheimen für eine kleine Auswahl von Leuten. Das liebe ich auch an dieser Bar. Es ist ein Ort, an dem ich ganz mit meinen Gedanken sein kann."
„Das klingt, als ob es auch eine Bar für mich sein könnte. Ich bin oft nicht mehr Herr meiner Gedanken und schweife ab. Heute hatte ich wieder einen Moment, in dem ich mein gesamtes bisheriges Leben in Frage gestellt habe. Es freut mich, dass ich Sie kennengelernt habe. Sie sind ein angenehmer Mensch."
„Danke. Haben Sie Lust, auch über Dinge zu reden, die tiefer gehen als Small Talk? Ich bin Zoologin. Mich beschäftigt auch so manche Lebensentscheidung im Moment. Viele Entscheidungen. Möchten Sie mit mir in den Wintergarten gehen? Sie haben hier einen atemberaubenden Wintergarten mit Glasdach. Ich würde gerne etwas reden. Mit jemanden reden, der meine Gedanken nachvollziehen kann."
„Ja gerne. Lassen Sie uns in dorthin gehen. Wie heißen Sie eigentlich? Damit ich Sie nicht immer ‚die Frau aus der Bar' nennen muss."
„Ich bin die Anna."

„Ich bin der Gerd."

Beide gaben sich die Hand und gingen. Auf einer kleinen Bank mit Polstern und Decken machten sie es sich gemütlich. Ein Heizgerät spendete ihnen etwas Wärme. Im mit Schnee umrahmten Sitzbereich schauten sie auf den klaren Sternenhimmel. Es war Vollmond. Eine Vollmondnacht, um sich alles von der Seele zu reden. Die beiden hatten sich gesucht und gefunden. Stundenlang redeten sie. Gerd erfuhr von Annas Kindheit und ihrer Entscheidung, Zoologin zu werden. Sie nannte ihm ihre Schwächen und Stärken. Sie arbeite mit Spinnen, exotischen Spinnen wie Vogelspinnen. Was spannend war, da sie selbst eine Arachnophobikerin war. Um ihrer Angst vor Spinnen Herr zu werden, hielt sie sie selbst als Haustier. Das tat sie nachdem sie eine Verhaltenstherapie wegen ihrer Phobie gemacht hatte. Teil der Therapie war die Konfrontation mit einer Spinne gewesen. Sie war mittlerweile selbst eine stolze Besitzerin von einer Vogelspinne. Erst eine Woche zuvor war ihr die Vogelspinne ausgerissen. Anna hatte ein Date mit nach Hause gebracht. Der Mann hatte solche Angst bekommen, dass er gleich die Wohnung verlassen hatte. Seither hatte sie nichts mehr von ihm gehört. Sie hatte zwei Stunden allein dafür gebraucht, die Vogelspinne wieder einzufangen. Mit einem Stück Papier hatte sie sie wieder in ihr Terrarium zurückgebracht. Seitdem zweifelte Anna an sich – warum hatte sie sich für einen Job entschieden, vor dem sie doch eigentlich Angst hatte? Aber sie liebte Herausforderungen und das war ihre Erklärung für ihr Verhalten. Wenn es Schwächen gab, wollte sie sie stets überwinden.

Gerd hörte ihr aufmerksam zu und verstand, was sie meinte. Auch er hatte sich oft für Projekte stark gemacht, bei denen er von Anfang an Schwierigkeiten sah. Seiner Meinung nach waren beide auf der Suche nach einem einfachen Leben. Sie redeten endlos und die Nacht verging wie im Flug. Der Morgen graute und die Bar hatte geschlossen. Simon war schon vorher mit einer Frau im Arm zu Gerd gekommen. Er hatte sich verabschiedet und dem Taxifahrer mitgeteilt, dass noch zwei Gäste nach Barschluss mit dem Taxi nach Hause gebracht werden müssten.

Gerd hatte von ihm die Karte des Taxifahrers bekommen und so hatte der langen Nacht mit Anna nichts im Wege gestanden.
„Es wird schon hell. Wir sollten gehen.", sagte Anna.
„Ja, es war eine unglaubliche Nacht. Sieh nur – unsere beiden kleinen Kunstwerke.", sagte Gerd und deutete auf die beiden Zeichnungen, die sie in den Schnee mit einem Stock gezeichnet hatten, als sie kurz nach draußen, vor den Wintergarten, gegangen waren. Nachdem Gerd Anna von seinen Überlegungen, lieber Koch geworden zu sein, erzählt hatte, hatte sie ihm davon erzählt, lieber Künstlerin zu sein. Beide hatten versucht, mit einem Stock die Mona Lisa in den Schnee zu malen. Sie hatten beide über das Ergebnis lachen müssen.
„Kann ich zu dir mitgehen und wir frühstücken? Du weißt ja – in meiner Wohnung erwartet uns eine Vogelspinne."
„Ja klar. Frühstück klingt gut. Ich kann es noch gar nicht begreifen, wie intensiv wir diese Nacht ohne Punkt und Komma reden konnten. Das bedeutet etwas. Für mich bedeutet das etwas."
„Ja, mir hat diese Nacht sehr gut getan. Du bedeutest mir viel, Gerd. Lass uns gehen."

Vierzig Jahre später steht ein einsamer Mann an einem Grab. Es ist Gerd an Annas Grab. Auf dem Grabstein steht geschrieben: „In ewiger Treue Dein". Das Todesdatum liegt zehn Jahre zurück. Gerd steht nur da. Er denkt an seine Zeit mit Anna zurück. Ihr ungewöhnliches Treffen in einer geheimen Bar. Ist die Liebe in Wirklichkeit ein geheimer Ort? Ein versteckter Ort, den nur das Schicksal kennt und uns dorthin bringt? In seinem Fall war das Schicksal der Taxifahrer gewesen. Ist die Liebe selbst etwas so Einzigartiges, dass man sie nur selten findet? Gerd denkt an alle Momente, die er, über Jahrzehnte hinweg, mit Anna geteilt hat. Eine Träne läuft ihm dabei über das Gesicht. Ist die Zeit jemals lang genug? Nein, das ist sie nie. Aber die Erinnerungen, so ist sich Gerd gewiss, sind die Ewigkeit, die die Gefühle in die Gegenwart bringen.

Der Wanderfalke

Der Wanderfalke ist in der Welt ein sehr weit verbreiteter Vogel. Er ist im Gebirge zu finden, so auch in der Alpenregion. Sicherlich ist der Wanderfalke nicht so imposant wie der König der Lüfte, der Adler. Trotzdem wirkt der Moment nahezu magisch, einen Wanderfalken fliegen zu sehen. Im Sturzflug holt er sich seine Beute. Mit einer einzigartigen Eleganz umkreisen Wanderfalken ihre Gebiete. Der Flug wirkt bedacht und grazil. Hier und da ist, von Menschenhand erbaut, eine Gelegenheit zum Sitzen und die Umgebung zu erspähen. Sitzt der Falke, so wirkt es fast so, als ob er über seinem Gebiet thront. Er dürfte sich wohl zum Herzog der Lüfte erklären. Die Nähe zu den Menschen ist über die Falknerei auch möglich. Diese bietet seit Jahrhunderten die Möglichkeit, ein Teil der Welt der Lüfte zu werden. Mit seinen natürlichen Wesenszügen sollte dieser Falke auch eines Tages Roberts Welt auf den Kopf stellen und für einen unvergesslichen Tag sorgen.

Robert war verheiratet und hatte zwei Kinder. Von Beruf war er Maschinenbauingenieur und arbeitete bei einer Firma, die Solaranlagen anbot. Er hatte ein Modul konzipiert, bei dem der aktuelle Energiegewinn prozentual zum Tagesenergiegewinn angezeigt wurde. Es gab auch Features wie Nachtverbrauch, Jahreszeitenanzeige und Wetteranzeige, wie zum Beispiel, ob es bewölkt war oder regnete. In der Freizeit hatte er sich zum Entspannen für das Motorradfahren entschieden. Er fuhr eine Suzuki. Das starke Gerät mit brummigen Sound hatte ihn fasziniert. Er liebte das Gefühl der Freiheit, das beim Fahren in ihm aufstieg. In seiner Werkstatt schraubte er das eine oder andere neue Teil hinzu. So bekam seine Suzuki einen imposanten neuen Auspuff hinzu. Eine Verzierung am Sitz durfte auch nicht fehlen. Alles in allem machte sein Motorrad schon Eindruck und das liebte er. Er

liebte es, an Parkbuchten in Gespräche über sein Motorrad verwickelt zu werden. *Cooler Auspuff!* oder *Schickes Teil!*
An einem Wochenende war es wieder so weit, in die Freiheit zu fahren. Doch diesmal war alles anders. Es gab Streit. Seine Frau hatte herausgefunden, dass er mit einer Praktikantin ein Verhältnis hatte.
„Wie kannst du nur?! Ist sie etwa noch ein Kind? Du bist doch 45 Jahre alt!", hallte es durch seinen Kopf. Ein Griff zum Schlüsselbund, das Öffnen der Tür und sogleich raus hier. Er konnte nicht mehr. Kein Gekeife mehr von dieser Frau.
„Ich will und brauche Ruhe.", murmelte Robert beim Verlassen des Grundstücks.
Zuerst ab auf die Piste, Straße Richtung Autobahn. Autobahn Richtung Berge. Dann Stau. Er hasste Stau. Stau behinderte den Drang nach Freiheit. Langsam schlängelte er sich durch die blecherne Kolonne. Endlich seine Ausfahrt. Ausfahrt Murnau. Von Murnau aus erstmal zur nächstgelegenen Parkbucht mit Wiese. Eine steile Brise umschmeichelte ihn während seiner Fahrt. Endlich da. Er hielt an und trank erst einmal einen Schluck Wasser. Feuerzeug. Zigarettenrauch. Blick auf die Wiese. In der Ferne ein Vogel auf einem Stock. Vielleicht ein Loipenstock? Robert kniff die Augen zusammen. Nein. Der Vogel saß auf einem Teil des Zauns um eine weidende Kuhherde.
„Welcher Vogel mag es wohl sein?", fragte sich Robert.
Robert kniff die Augen noch mehr zusammen.
„Ein Bussard? Nein. Ein Falke."
Eine Zeit beobachtete Robert das schöne Tier, wie es auf dem Zaunpfahl saß, den Kopf gerade richtete und diesen dann doch drehte, so als ob es etwas in der Wiese entdeckt hätte. Aber dann doch kein Flügelschlag. Wieder auf der Lauer nach dem nächsten Augenblick von Bewegung in und um das Wiesengestrüpp. Im Hintergrund waren die Berge. Der Falke blickte dem Weg entlang, so als ob es ein Ziel geben würde. Ein Ziel. Wohin?
„Was für ein Moment. Eigentlich passiert nicht viel, aber das Tier fasziniert mich. Ich muss näher heran.", murmelte Robert und ging zurück zum Motorrad.

Danach mit Getöse in Richtung des Falken. Je näher Robert dem Falken kam, desto ungeduldiger wurde das Tier. Ab einem bestimmten Abstand erhob es sich und Robert beschloss, dem Falken zu folgen. So gut es ging wollte er ihm hinterherfahren. Zunächst machte der Falke noch eine Runde über der Wiese. Dann brach er aus dem Kreis und flog ein neues Ziel an. Robert fuhr so gut es ging hinterher. Am äußeren Rand der Häusersiedlung ging es entlang, den Falken dabei stets im Blick. Es war gar nicht so leicht. Doch Robert gelang es. Wie gebannt verfolgte er das Tier. Er nahm nur noch die Faszination wahr, die von dem Falken ausging. Alle Ereignisse und Vorhaben des Tages waren Robert egal geworden. Er wollte nur noch dem Falken folgen. Er war gespannt, welches Ziel der Falke hatte, und so fuhr er hinterher. Der Falke suchte sich nach einer Zeit einen Weg entlang der romantischen Straße. In kurviger Fahrt ging die Verfolgung weiter durch die hügelige Landschaft der Voralpen. Dabei hatte Robert die Alpen im Blick, den Falken stets im Fokus.

Nach einer Zeit jedoch verlor er den Falken. Er verschwand hinter einer Baumkrone und Robert gelang es weder über einen Weg noch über die Straße, ihn wiederzufinden. Er suchte und suchte und beschloss, eine Weile zu warten. Er stieg von der Suzuki ab. Aber der Falke kam nicht zurück. Es dauerte, bis Robert wieder bei sich war. Fern vom Falken, den Gedanken an das Ziel des Falkens. Er entschied sich den Tag weiter für eine schöne Fahrt zu nutzen und weiter in Richtung Berge zu fahren. Der Kochelsee kam ihm in den Sinn. Sogleich ging es los und bald erreichte er seine begehrten Serpentinen. Hier konnte er sich richtig in die Kurve legen. Dabei die Welt vergessen und eins mit dem Motorrad sein. Die Kurven erinnerten ihn an das Gefühl, das weibliche Rundungen bei ihm auslösten. Eine Kurve stand für Weiblichkeit und die Strecke war so kurvig, auf und ab ging es immerzu, sodass er ganz bei den Frauen war, den Frauen seines bisherigen Lebens. Er liebte die Frauen und so dachte er daran, dass er doch um jeden Preis seine Ehefrau nicht verletzen wollte. Doch waren seine Gedanken hauptsächlich bei der Praktikantin. Eine Praktikantin hatte ihm den Kopf verdreht. Er wusste nicht, ob er sie dafür verfluchen sollte oder ob er ihr doch danken sollte. Ein herrliches Gefühl. So wie er eben den Falken gefolgt war, so folgte nun jeder Gedanke jedem einzelnen Augenblick seit ihrer ersten Begegnung. Das erste Gespräch, bei dem ihr ständig eine Haarsträhne in das liebliche Gesicht gefallen war, und der erste Kuss im Firmenaufzug, bei dem er danach vor lauter Aufregung gestolpert war. Er war ganz benommen gewesen von dem Gefühl während des Kusses. Er dachte an sein Lachen danach und ihre Verwunderung und dann die erste Liebesnacht, die sie in einem Hotel verbracht hatten. All die Gedanken kreisten, so wie der Falke gekreist war, und er, Robert, in kurvigen Schlangenlinien dem Straßenverlauf folgte.

„Es ist an der Zeit, Pause zu machen.", sagte Robert zu sich und fuhr ab, in die nächste Parkbucht. Dort angekommen dachte er an das Gesicht, als er ihr gesagt hatte, dass er verheiratet sei. Ihre Wortlosigkeit danach hatte wehgetan. Sie tat auch jetzt noch weh. Seither hatte er sie weder gesprochen noch gesehen.

„Was sie bloß macht?", dachte er und nahm einen Schluck Wasser.

„Du hier?"

Die Worte erklangen hinter ihm. Er sah die Person nicht, aber er erkannte die Stimme sofort. Es war Joseph, ein Bekannter, den er von den Motorradtouren kannte.

„Hallo, Joseph."

„Was schaust du so trübsinnig? Ist etwas passiert?"

„Nein. Nur Ärger mit der Frau."

„Oh, davon kann ich aber auch ein Lied singen."

„Wer nicht?"

„Schön, dass du wieder mit deinem schicken Teil unterwegs bist."

„‚Schickes Teil' hat schon lange keiner mehr zu mir gesagt.", sagte eine weibliche Stimme.

Die Frauenstimme war ihm zu gut bekannt. Es war sie, die Praktikantin. Laura.

„Was machst du hier?"

„Wenn du mich genauer kennen würdest, wüsstest du, dass ich am Wochenende immer rausfahre. Zum Beispiel für einen Spaziergang. Manchmal wandere ich auch. Aber meistens fahre ich nur endlos die Serpentinen mit dem Motorrad rauf und runter. Interesse an mehr Details aus meinem Leben oder reicht es dir schon wieder und du willst nur einen Kuss?"

„Laura, es tut mir leid."

„Oh, offensichtlich kennt ihr beide euch und habt noch Einiges zu bereden. Ich will nicht länger stören."

„Ciao, Joseph.", verabschiedete sich Robert von seinem Bekannten.

„Gut. Gehen wir ein Stück. Hier geht ein kleiner Weg direkt vom Parkplatz ab."

„Gut.", stimmte Laura zu.

Beide ließen Joseph zurück und gingen von der Parkbucht. Die meiste Zeit über schwiegen beide. Es war zu bedrückend, wie sie sich zuletzt verabschiedet hatten. Beide stampften auf das satte Grün mit Blick auf den See. Doch keiner von ihnen schien den herrlichen Anblick zu würdigen. Zu tief waren die Wunden der letzten Verabschiedung. Beide hatten Worte gesagt, die sie bereuten. Nun war die Zeit gekommen, alles zu vergessen und zu bereden, wie es weitergehen sollte. Doch beide schwiegen. Schließlich machten sie Rast auf einer Bank.

„Wie geht es dir damit?", fragte Robert.

„Ich kann es nicht glauben. Das Gefühl zwischen uns war so intensiv. Nie hätte ich gedacht, dass du einer von denen bist."

„Einer von denen?"

„Einer von denen, die sich irgendein Liebchen suchen und zu Hause den treuen Ehemann spielen."

„So einer bin ich nicht."

Bedrückende Stille machte sich breit.

„So einer war ich nicht."

„Was für einer bist du denn dann?"

„Einer, den eine Frau mit ihrer unbeschreiblichen lieblichen Macht vollkommen aus der Bahn geworfen hat. Einer, der nicht mehr weiß, was er tun soll."

„Ich sag dir, was du tun sollst."
Wieder machte sich eine erneute Stille breit.
„Küss mich. Küss mich jetzt."
Robert war erstaunt über Lauras Direktheit. Das war eigentlich nicht ihre Art. Er sah sie an, beugte sich vor und küsste sie. Da war es wieder. Das intensive Gefühl, das beide in eine Zwickmühle gebracht hatte. Wie ein Feuer breitete es sich über den ganzen Körper aus. Beide wärmten sich daran in der doch so kalten Realität. Sanft ließ Robert seine Hände über sie gleiten. Sie zuckte und seufzte zugleich. Beide ließen sich fallen und legten sich, gegenseitig im Arm, längs über die Bank. Die Körper aneinander geschmiegt dauerte es eine Weile, die Realität wieder zuzulassen.

„Wir müssen gehen. Wir müssen für uns planen.", sagte Laura.

Der Zoo

Der Zoo ist ein Begegnungsort für Mensch und Tier. Ob nun exotische Tiere aus fernen Ländern oder einheimische Tiere, das Angebot reizt viele Menschen zum Ausflug. Eine ganz andere Welt und ein Ausbrechen aus den Strukturen des Alltags erwarten die Besucher. Die Zootiere leben in der vom Menschen gestalteten Umgebung. Die Zweckgemeinschaft verbindet den Mensch mit dem Tier.

Geparden sind in Afrika verbreitete Raubtiere. Sie sind vorwiegend tagaktiv. In der freien Wildbahn ist der Gepard eines der schnellsten Tiere der Welt. In Windeseile fängt er seine tierische Beute. Doch das Leben in der Savanne hat seine Tücken. Viele Jungen sterben, bevor sie ausgewachsen sind. Der Verlust eines Jungen ist eine schmerzliche Erfahrung für die Mutter. In einem Abstand von zwei Jahren bekommt die junge Gepardin wieder Nachwuchs. Mit zwei Monaten sind ihre Jungen alt genug, um sich in die freie Wildbahn zu wagen. Dabei müssen sie auf Futtersuche den wandernden Herden folgen. Die Gepardin hat ihre Jagdkunst perfektioniert. Mit Schnelligkeit und Geschick fängt sie ihre Beute. Bei Jagderfolg ruft sie ihre Jungen aus dem Versteck zusammen. Es ist ein Fiepen zu hören, das durch die Savanne zieht.

Faultiere bewohnen tropische Regenwälder auf dem amerikanischen Kontinent. Sie leben in den Baumkronen. Ihre Ernährung besteht vorwiegend aus Blättern. Bekannt sind sie durch ihre Art und Weise an Ästen zu hängen. Kommt doch einmal Bewegung auf, so ist diese sehr langsam. Sie haben den niedrigsten Stoffwechsel aller Säugetiere und dadurch enorm verlangsamte Muskelkontraktionen. Sie schlafen bis zu zwanzig Stunden am Tag. Ihre Ruhe lädt den Beobachter zur Besinnung ein.

Mücken sind filigrane Insekten mit Fühlern und langen, dünnen Beinen. Durch ihre stechenden Mundwerkzeuge sind sie bei Menschen und Tieren nicht sonderlich beliebt. Stechmücken kommen auf der ganzen Welt vor, ausgenommen die sehr kalten Polarregionen.

Tapire zählen zu einer ziemlich alten Tierart. Es wurde entdeckt, dass sie schon vor vierzehn Millionen Jahren existierten. Tapire zeichnen sich durch einen muskulösen Körperbau und einen kurzen Rüssel aus. Sie leben hauptsächlich in tropischen Wäldern in Südamerika. Es gibt aber auch Tapire in Asien. Ihre Ernährung ist eine reine Pflanzenkost. So gehören neben Blättern auch Pflanzen und Früchte auf ihren Speiseplan. Tapire sind Einzelgänger, die sich nur zur Paarungszeit begegnen. Es kommt in der Regel ein einziges Junges zur Welt. Begegnen sich Tapire außerhalb der Paarungszeit, verhalten sie sich oft aggressiv. Zudem sind sie in der Nacht aktiv. Zu ihren Feinden zählen Großkatzen, wie zum Beispiel der Tiger.

Tiger sind in Asien verbreitet. Der Tiger bewohnt eine Vielzahl verschiedener Lebensräume, darunter tropische Regenwälder, Savannen oder Sumpfgebiete. Das orangene Fell mit dem schwarzen Muster macht die Großkatze unverwechselbar. Sie sind meistens in der Dämmerung oder in der Nacht aktiv, aber manchmal jagen sie auch am Tage. Bei der Jagd wandern sie kilometerweit. Tiger können sehr gut schwimmen und scheuen im Vergleich zu anderen Katzenarten nicht das Wasser. Als Einzelgänger kommen die Männchen und Weibchen nur zur Paarungszeit zusammen. Der Nachwuchs bleibt aber ein paar Jahre bei der Mutter.

Hyänen findet man in vielen Teilen Afrikas sowie in Asien. Sie sind hauptsächlich in der Nacht aktiv. Es sind Gruppentiere und so durchstreifen sie zu mehreren ihre Umgebung. Sie fressen Fleisch und erlegen auch selbst Beutetiere. Doch kann es auch vorkommen, dass sie um die Beute eines anderen herumstreifen und es stehlen wollen. Durch ihre hohe Beisskraft können sie auch Aas vertilgen. Bekannt sind sie durch ihren ungewöhnlichen Ruf, der wie ein Lachen auf den Zuhörer wirkt.

All diese Tiere waren Teil von Pauls Welt. Sein Leben hat er als Tierpfleger zugebracht, bis die Welt zerbrach. Es war keine Armee und keine Katastrophe, der oder dem die Menschheit gegenüberstand. Nein. Kleinste Körper waren zum Feind geworden. Es waren Viren. Zuerst kam der Ausbruch. Dann die Schutzmaßnahmen, um die Epidemie einzudämmen. Alles war vergebens. Ein Heilmittel gab es nicht. Es war der Untergang. Die Hoffnungslosigkeit zerbrach die Menschen. Es kam zu Vandalismus und Massenpaniken. Als die Krankenhäuser hoffnungslos überfüllt waren, suchte Paul Schutz im Zoo. Der Zoo war schon immer sein zweites Zuhause gewesen. Er verriegelte den Zoo und war ganz in seiner Welt. Den Tieren machte die Krankheit nichts aus. Keiner wusste, warum es nur die Menschen traf. Er lebte noch ein paar Monate im Zoo, ehe ihm die Krankheit das Leben nahm. Er war bei seinen Lieblingstieren. Der Tapir, der Tiger, das Faultier und die Gepardin mit ihren Jungen machten den Abschied vom Leben erträglich.

Kurz vor seinem Tod raffte er sich auf und entriegelte den Zooeingang und die Türen zu den Gehegen seiner Lieblingstiere. Als er tot war, herrschte zuerst völlige Stille im Zoo. Es dauerte eine Zeit lang, bis die Tiere den Geräuschpegel anhoben. Nach einer Weile begriffen sie, dass der Mensch nicht wiederkam. Sie waren allein und auf sich gestellt. In all den Jahren der Bemutterung durch den Menschen hatten sie nie gelernt, sich selbst zu versorgen. Zu Beginn ahnten sie nichts davon, sondern vertilgten die restlichen Vorräte im Gehege.

„Was ist los? Wieso kommt er nicht zurück? Wo ist Paul?", fragte die Gepardin Luna ihren Sohn Filou.

„Ich weiß es nicht. Ist etwas passiert, Mama?"

„Vielleicht. Ich werde das Gehege erkunden und nach dem Rechten sehen."

Luna machte sich auf und erkundete jeden Winkel des Geheges. Sie sah hinter jeden Busch, hinter jedes Gestrüpp, aber sie konnte nichts finden. Weder fand sie Futter noch den Menschen, der es einst brachte. Sie umlief die Grenzen ihres bisherigen Territoriums und fand eine offene Tür. Ungläubig beäugte sie die Tür, die einst immer geschlossen gewesen war. Sie beschloss, den nächsten Morgen abzuwarten, ehe sie hindurchgehen würde. Sie ging zurück zu Filou und rief nach ihren Töchtern Maja und Suna.

„Kommt her. Ich habe euch etwas zu berichten."

Die Kinder kamen und lauschten aufmerksam ihren Worten.

„Der Mensch ist weg. Ich konnte ihn nirgends finden. Das Gehege ist leer. Kein Futter ist mehr zu finden. Eine Tür ist offen. Die Tür, die sonst immer verschlossen war. Ich habe Respekt vor dieser Tür. Wir werden diese Nacht ohne Futter auskommen müssen und erst morgen durch diese Tür gehen. Es ist besser, das Neue am Morgen zu erkunden. Ich weiß nicht, was uns erwarten wird."

Die Kinder waren keinesfalls begeistert. Doch sie verstanden ihre Mutter. Auch sie hatten vor dieser Tür Angst. Es war die Tür zur Außenwelt. Insgeheim waren sie immer froh gewesen, diese Welt gar nicht kennengelernt zu haben.

Als der Morgen anbrach, waren die vier Geparden bereits wach. Sie hatten in der Nacht nicht richtig schlafen können. Zu groß war die Sorge darüber, warum der Mensch nicht zurückgekommen war. Still gingen sie zur Tür. Zaghaft wagte sich Luna hindurch. Es war ein Raum voll mit Rollwagen und anderen Gerätschaften, den sie betrat. Es gab dort einen Tisch, neben dem ein Gefrierschrank stand.

„Wir müssen zuerst nach Futter suchen. Dies ist die Welt der Menschen, also seid vorsichtig. Öffnet alles, was ihr öffnen könnt, und sucht nach Futter."

Die Kinder befolgten die Anweisung ihrer Mutter. Sie schabten und kratzten an Schränken und Schubladen, bis sie sich öffneten. In einigen waren lediglich Papier und technische Gerätschaften. Doch nach einer Weile entdeckten die Kinder eine Schublade mit Trockenfutter. Sie riefen nach ihrer Mutter. Luna kam und begutachtete den Fund. Mit ihren scharfen Krallen öffnete sie eine Tüte Trockenfutter. Der Inhalt brach aus der Tüte und der

Boden war voll von Trockenfleisch. Das hatten sie zuvor nicht gefressen. Vorsichtig nahm Luna einen Happen. Es schmeckte trocken, aber gut. Sie befahl ihren Kindern, auch zu fressen. So fraß sich die kleine Familie erst einmal satt. Danach beschloss Luna, den Rest des Raumes zu erkunden. Ihr Blick fiel dabei auf den Gefrierschrank. Das war der einzig ungeöffnete Schrank in dem Raum. Mit viel Mühe konnte sie ihn nach mehreren Versuchen öffnen. Wie zuvor zog sie mit ihrer Pranke eine Tüte hervor. Diese war gefüllt mit Frischfleisch. Sie kratzte die Tüte auf und biss zu. Es war zu ihrer Verwunderung ganz hart, aber es schmeckte nach dem Fleisch, das ihnen stets der Mensch gebracht hatte. Sie leckte daran und es schmeckte herrlich. Sie rief nach ihren Kindern und auch sie leckten an dem gefrorenen Fleischstück. Danach machten sie erst einmal eine Ruhepause. Sie kuschelten sich am Boden des Raumes zusammen und machten ein Nickerchen. Dabei überlegte Luna. Wie soll es nur weitergehen? Sollten sie wieder in das Gehege zurückgehen und sich eine Zeit lang aus dem Raum versorgen? Sollten sie weitergehen und sich ein neues Zuhause suchen? Was sollte sie nur tun? Da sie von Natur aus recht vorsichtig war und sie in dem Gehege keinen Bedrohungen ausgesetzt waren, war sie der Überzeugung, dass es das Beste sei, für eine Weile im Gehege zu bleiben und sich aus dem Futter aus dem Vorraum zu ernähren. So vergingen Tage. Dabei achtete Luna stets darauf, ob der Mensch nicht doch wieder zurückkehrte. Aber er kam nicht mehr zurück. Sie waren gut versorgt und hatten keine Schwierigkeiten. Doch machte sie sich Sorgen um den Menschen. Es war nicht normal, dass er so lange nicht zurückkam. Sollte sie den Menschen suchen?

„Liebe Kinder, ich bin unruhig wegen des Menschen. Er kommt nicht zurück. Es sind nun schon Tage vergangen. Das ist nicht normal. Es muss etwas passiert sein. Der Feind des Menschen könnte auch unser Feind sein. Was, wenn es auch uns trifft? Ich muss herausfinden, was passiert ist. Ich muss ihn suchen. Ich weiß nicht, ob wir uns längerfristig allein versorgen können. Der Raum ist groß, aber irgendwann müsste der Mensch schon wieder zurückkommen. Ich will, dass ihr hier bleibt. Ich suche nun nach dem Menschen. Er muss doch irgendwo sein. Vielleicht geht es auch anderen so, wie es uns ergangen ist. Ich gehe morgen los."

Die Kinder waren nicht begeistert, aber sie verstanden ihre Mutter. Es war zu gefährlich, dass alle zusammen gingen. Doch den Kindern gefiel die Vorstellung nicht, dass ihre Mutter ganz allein losging. Aber alles Klagen half nichts und so machte sich Luna allein am nächsten Morgen auf, um nach dem Menschen zu suchen.

Luna ging durch den Vorratsraum und fand eine offene Tür in den Außenbereich. Vorsichtig ging sie hindurch. Sie kam in den Außenbereich. Sie ging um eine Kurve und sah auf ihr Gehege. Zum ersten Mal konnte sie es von der anderen Seite erblicken. Es war ein seltsames Gefühl, auf der Seite zu stehen, von der aus die Menschen sie früher betrachtet hatten. Sie dachte an all die Menschen. Was war nur geschehen? Wo waren all die Menschen hingegangen? Was war passiert? Sie suchte alles ab. Wie gebannt streifte sie durch den Zoo. Sie gelangte an einen Büroeingang. Zunächst konnte sie nichts erkennen. Aber dann fand sie den Menschen, vornübergebeugt auf einem Stuhl. Er sah fürchterlich aus und als sie ihn anstupste, wurde ihr klar, dass er tot war. Sie hatte Angst. Sie beschloss, sich von dem Menschen fernzuhalten. Der Geruch nach verwesendem Fleisch, der von ihm ausging, roch seltsam. Was war nur geschehen? Sie witterte Gefahr, die von dem Menschen ausging. Was auch immer ihn getötet hatte, sie wollte es nicht herausfinden. Sie ging von dem Menschen fort und entschied sich dafür, nie wieder in seine Nähe zu gehen. Das Büro sollte für immer verschlossen bleiben. Sie stupste die Tür zu, drehte sich um und wandte ihren Blick wieder dem Zoo und den Wegen zu.

Sie entschied sich, das Unbekannte weiter zu erkunden. Wenn es den Menschen schlecht ergangen war, so gab es vielleicht noch andere wie sie. Sie wollte die Kunde von dem Vorratsraum verbreiten. Langsam streifte sie durch den Zoo und blickte in die anderen Gehege. Sie hatte ja keine Ahnung, wie viele Gehege es gab. Die meisten Wohnstätten der Tiere waren verschlossen. Letztendlich stand sie vor dem Gehege der Zebras. Es war ein komisches Gefühl. In irgendeiner Weise kamen ihr die Tiere bekannt vor, aber sie hatte sie nie zuvor bewusst gesehen. Nach einem kurzen Überlegen ging sie weiter. Sie gelangte an ein weiteres Gehege. Sie untersuchte die Türe. Diese war nur angelehnt. Zuerst zögerte Luna, doch dann fasste sie Mut und ging hinein. Es war zunächst nichts zu erkennen außer viel Grün. Dann sah sie in dem Gebüsch etwas stehen. Es war ein Tier von kräftigem Körperbau mit einem kleinen Rüssel im Gesicht. Es sah seltsam aus, wie ein Geschöpf aus einer fernen Welt. Sie ging näher darauf zu.

„Hallo."

Das Geschöpf blickte sie an.

„Hallo. Wo ist der Mensch? Wir haben ihn seit Tagen nicht mehr gesehen. Er bringt uns Früchte. Wo ist er?", sagte das Geschöpf.

„Der Mensch ist tot. Wir haben einen Raum mit Futter bei uns entdeckt. Vielleicht gibt es bei euch auch einen Vorratsraum. Soll ich nachsehen?"

„Oh nein, tot?! Der Mensch war mir das Liebste. Er hat immer mit mir gesprochen."

„Was bist du?"

„Ich bin ein Tapir. Ich lebe hier allein mit ein paar Hühnern."

„Hast du Hunger?"

„Ja, etwas."

„Dann lass uns nach dem Vorratsraum suchen. Wenn es bei uns einen Vorratsraum gibt, dann gibt es bei euch wahrscheinlich auch einen."

Luna machte sich auf und erkundete das Gehege. Es gab eine Tür, aber diese war verschlossen. Luna überlegte, wie sie die Tür aufbekommen sollte. Sie hatte zunächst keine Idee.

„Ich höre die Affen sprechen. Sie sind nebenan. Ich habe sie manchmal darüber sprechen hören, Sachen zu öffnen. Mit einem Stein schlagen sie manche Früchte auf. Vielleicht können wir die Tür aufschlagen."

In der Nähe der Tür stand eine große Leiter. Luna versuchte, sie zu bewegen. Vorsichtig stupste sie diese in Fallrichtung vor die Tür. Ein Glasfenster war darin eingelassen. Mit vereinten Kräften brachten der Tapir und Luna die Leiter zu Fall. Mit einem großen Schlag zerschlug sie das Fenster. Scherben flogen umher, aber niemand wurde verletzt. Luna sprang durch das Fenster und holte einen Beutel, gefüllt mit Früchten, für den Tapir. Dieser freute und bedankte sich. Er begann sogleich, zu fressen.

„Wie heißt du eigentlich?", fragte Luna.

„Ich heiße Murphy."

Luna verabschiedete sich und ging zurück zu ihren Kindern. Sie waren lange genug allein gewesen. Sie beschloss, mit den Kindern erst noch eine Zeit lang im Gehege zu bleiben. Das Futter reichte aus. Doch was, wenn das Futter verbraucht war? Sie musste sich etwas überlegen, um sich zu versorgen. Sie brauchte einen Plan.

Zwei Tage vergingen und Luna entschied sich dazu, erneut das Gehege zu verlassen. Diesmal nahm sie ihre Kinder mit. Sie wollte mit dem Tapir sprechen. Vielleicht konnten sie gemeinsam einen Plan für die Versorgungmachen. Als Luna mit ihren Kindern das Gehege verließ, war es Mittag. Sie konnte nicht ahnen, was gleich passieren würde. Sie ging mit ihren Kindern in Richtung Tapir. Es kam ihr etwas anders und seltsam vor im Vergleich zum letzten Mal. Auf dem Weg konnten man die Abdrücke großer Pranken erkennen. Doch Luna ging weiter.

Dann kam der Angriff wie aus dem Nichts. Ein orangener Schweif versetzte ihr einen kräftigen Hieb und schleuderte sie durch die Luft. Sie brauchte einen kurzen Moment, um wieder einen klaren Kopf zu bekommen. Dann erkannte sie ihr Gegenüber. Es hatte eines ihrer Kinder gepackt. Suna war in dem großen Maul des Angreifers gefangen. Sie schrie und bettelte um ihr Leben. Doch der orangene Angreifer kannte kein Erbarmen, biss zu und tötete sie. Mit einem gewaltigen Biss verschlang er fast den halben Körper seines Opfers. Er knurrte und fraß. Luna stand wie erstarrt vor Filou und Maja und sah zu.

„Seht weg", schrie sie nach einer kurzen Zeit zu ihren Kindern.

„Was tust du da? Wer bist du? Dafür wirst du bezahlen.", schrie Luna dann den Angreifer an.

Er war unbeeindruckt und fraß weiter. Dann holte Luna zum Schlag aus. Sie traf ihn mit der Pranke. Er löste seine Zähne aus Sunas Überresten; vielmehr als der Kopf war nicht mehr übrig. „Leben und Sterben, so ist das eben. Ich habe seit Tagen nicht gefressen. Ich musste fressen.", sagte der Orangene mit dem gestreiften Muster.

„Wer oder was bist du?"

„Ich bin der Tiger. Mein Gehege war offen. Ich habe es heute bemerkt und ging auf Futtersuche."

„Und dann tötest du? Wir hätten dir Fleisch oder Trockenfutter abgeben können, wenn du nur gefragt hättest."

„Leben und Sterben, so ist das eben. Ich bereue nichts und nun geh mir aus dem Weg."

Luna erschauderte bei den Worten des Tigers. Sie setzte zu einem erneuten Schlag an. Er wich ihr aus und versetzte ihr einen Hieb mit der Pranke, sodass sie wieder durch die Luft gewirbelt wurde. Sie wollte ihre Schwäche nicht einsehen und rannte wieder auf ihn zu. Diesmal nahm er sie genauer ins Visier und auch wenn sie auswich, ließ er nicht von ihr ab. Er riss ihr dabei ein Ohr ein. Sie sprang zurück und er kam hinterher.

„Schnell, Kinder, lauft!", schrie Luna.

Sie liefen so schnell sie konnten über die Wege. Der Tiger schoss hinter ihnen hinterher. Sie rannten und rannten. Endlich sah Luna eine offene Tür. Sie zeigte ihren beiden verbleibenden Kindern, dass sie dort hinlaufen sollten. Luna rannte hinterher durch die Tür und alle versteckten sich hinter einem Gestrüpp vor einem Baum. Eine Zeit saßen sie nur regungslos da und warteten ab.

„Ich habe Angst, Mama."

„Brauchst du nicht. Ich glaube, er ist weg und kommt nicht wieder."

Dann raschelte es auf einmal im Baum und eine große Pranke stupste Luna von oben an.

„Ist alles in Ordnung bei Ihnen?"

Verschreckt sah Luna auf und erblickte ein pelziges, leicht dickliches Tier mit großen Kulleraugen im Geäst.

„Ja, ... nein. Ich – Ich habe gerade ein Kind verloren. Ich habe mein Kind an einen Tiger verloren. Wussten Sie, dass es hier Tiger gibt?"

„Ja. Ich habe die Menschen manchmal über ihn sprechen hören. Da aber nur Gutes. Wie imposant und schön er doch sei."

„Ein schöner Mörder ist er! Er hat mein Kind getötet! Ohne Sinn und Verstand."

„Das ist schrecklich und es tut mir unendlich leid."

„Ich weiß nicht, was ich tun soll. Seit der Mensch tot ist, sind wir in Gefahr, und ich weiß nicht, wie ich sie bannen soll. Wie sollen wir uns versorgen?"

„Der Mensch ist tot? Das ist schrecklich. Er war so ein lieber Zeitgenosse. Er hat viel mit mir gesprochen."

„Wir brauchen einen Essensplan. Hast du eine Idee?"

„Ich bin ein sehr ruhiges Wesen. Ich schlafe viel. Ich kann nur wenig helfen. Bisher habe ich mich von den Pflanzen und Bäumen hier ernährt. Vielleicht wäre es ratsam, Vorräte öffentlich hinzulegen, damit alle etwas davon haben. Ich kann ein wenig helfen."

„Ich danke dir. Was bist du eigentlich?"

„Ich bin das Faultier Lenny."

Nun nach dem Tod ihres Kindes sehnte Luna sich nahezu nach einer Aufgabe. Sie war doch Mutter, also würde sie versorgen. Würde das alles besser machen? Luna suchte Lennys Gehege nach einer weiteren Tür ab, um Essen herbeizuschaffen. Es gab eine Tür, die offen war. Sie fand dort etwas Trockenfleisch, Zweige und Früchte. Sie schaffte alles heraus und fraß mit ihren zwei Kindern erst einmal etwas. Danach nahm sie eine Tüte Trockenfleisch in ihr Maul und brachte es entfernt von dem Gehege nach draußen. Sie nahm bei einem zweiten Gang ein paar Früchte mit. Dann kehrte sie zurück. Die nächsten Tage verbrachten sie gemeinsam mit Lenny in seinem Gehege. Wenn er nicht gerade schlief, war er ein guter Zuhörer und Gesprächspartner. Das mochte sie an ihm.

Die Sommernächte wurden feuchter und vor Lennys Gehege begann ein Schwarm Mücken zu tanzen. In Gedanken versunken sah Luna den Mücken bei ihrem Tanz zu.
„Was schaust du so traurig?", fragten die Mücken.
„Ich habe meine Tochter Suna verloren. Ich vermisse sie sehr."
„Du solltest nicht zu lange traurig sein. Du hast noch zwei Kinder. Wir haben es gesehen, auch in der Stadt. Die meisten Menschen sind elendig gestorben. Die, die noch übrig sind, verstecken sich. Wer weiß, wie lange sie noch leben. Und die anderen Tiere hier im Zoo ... Manchen geht das Futter in den Gehegen aus. Wer weiß, wie lange sie noch leben."
„Das ist alles so schrecklich. Ich werde mir etwas überlegen."
Luna verbrachte den Abend wieder bei dem Faultier. Am nächsten Tag beschloss sie, den ganzen Zoo abzulaufen. Den Inhalt jeder Futterkammer, in die sie hineinkommen konnte, leerte sie in die Gehege und einen Großteil verbreitete sie auch draußen. Sie umlief die anderen Gehege von den Affen bis zu den Flamingos. Auch die Erdmännchen betrachtete sie genau. Sie suchte nach einem Weg, alle Gehege zu öffnen. Bei manchen war es leicht, weil nur eine Türklinke betätigt werden musste. Bei anderen war es schwieriger. So musste sie bei den Affen eine Leiter an einen überstehenden Baum positionieren. Zum Schluss kam sie zu den Hyänen. Zuerst bleib sie vor dem Gehege stehen und zögerte. Es war ganz so, als ob sie die Tiere kannte. Sie hatte sie aber noch nie zuvor gesehen. Es war aber ein Gefühl von Angst und Respekt vor den Hyänen in ihr. Die, in dem Gehege lebende Gruppe, umfasste zehn Tiere. Zwei Jungtiere waren darunter. Vorsichtig öffnete Luna das angelehnte Tor.
Die Gruppe registrierte sofort die geöffnete Tür. Ein Jaulen ging durch die Menge. Luna ging schnell fort. Sie brach sofort wieder zu Lennys Gehege auf. Diesmal versteckte sie sich zusammen mit Lenny für ein paar Tage.
Sie hatten genug zu essen und redeten über die Zukunft. Wie würde es wohl sein, ohne den Menschen zu überleben? Das war eine Welt, die ihr noch gänzlich fern war. Lenny für seinen Teil sah die Angelegenheit entspannt. Es gab genug Pflanzen für ihn.

Er schlief die meiste Zeit und strahlte eine Ruhe aus, die Luna, Maja und Filou besänftigten. Doch nach vier Tagen war es an der Zeit zu sehen, was geschehen war. Zu sehen, wie es den anderen ergangen war. Jenen, denen Luna die Tür geöffnet hatte, musste es durch die Futterberge doch gut ergangen sein. Es gab keinen Grund für Leid, oder doch? Was, wenn es doch wieder zu Leid gekommen war? Was sagte das über ihre zukünftige Gemeinschaft aus?

Luna war nervös. Aber sie musste hinaus und nach dem Rechten sehen. Die Neugier war zu groß. Sie ging wieder allein. Lenny passte auf die Kinder auf.

Es war ein dunstiger Morgen, an dem sie das Gehege verließ. Sie überquerte die kleinen Wege und versuchte, sich die meiste Zeit im Gebüsch zu verstecken. Auf den Wegen war nichts Ungewöhnliches. Ihre Futterberge waren berührt. Aber keiner war in der näheren Umgebung. Wo sie wohl alle waren? Versteckten sie sich genauso in ihren Gehegen? Hatten die anderen auch Angst? Sie ging in Richtung des Haufens von Grünpflanzen und Früchten. Hier entdeckte sie das Tapir wieder. Er hatte sich allein herausgewagt und fraß gemächlich.

„Hallo, Murphy!"

„Hallo."

„Wie ist es dir in den letzten Tagen ergangen? Meine Tochter wurde getötet."

„Das tut mir aufrichtig leid für dich. Mir ist es gut ergangen. Ich habe mir den Zoo angesehen. Aber dem Tiger ist es schlecht ergangen. Eine Herde blutrünstiger Hyänen hat ihn am Abend attackiert und haben ihn schlimm verletzt. Es sind auch ein paar Erdmännchen gestorben. Futter für Hyänen und den Tiger. Seit er verletzt ist, hat er sein Revier markiert und droht, jeden umzubringen, der sich auch nur in die Nähe wagt."

„Das ist ja schrecklich. Dabei hatte ich doch Futter ausgelegt."

„Ja, aber du vergisst dabei den Jagdtrieb. Diesmal haben die Hyänen angefangen. Und der Tiger zog den Kürzeren. Das Gesetzt der Natur. Keiner weiß, wie wir hier zusammen leben werden."

„Ich weiß es auch nicht. Das macht mir alles Angst. Hast du wieder einen Menschen gesehen?"

„Nein."

„Komm mit mir zu Lenny und meinen Kindern. Wir werden die Nacht über reden. Ich möchte nicht nach den Gesetzen der Savanne leben."

„Gut. Ich komme mit."

Der Tapir ging mit und die Nacht über redeten alle über die Zukunft. Lenny strengte sich an, nicht zu schlafen, und nahm auch am Gespräch teil. Alle beschlossen, zusammen zu bleiben. Zusätzlich entschieden sie sich dafür, den Zoo zu verlassen. Sie verweilten noch einen Tag im Gehege. Dann brachen sie auf.

Es war ein schrecklicher Anblick, der sich ihnen bot, als sie durch den Zooausgang gingen. Überall lagen Menschenleichen auf den Straßen. Luna bemühte sich darum, ihre Kinder stets zu bitten, nichts zu berühren. Sie wusste nicht, was die Menschen umgebracht hatte, aber sie hatte Respekt davor. Sie suchten und suchten nach einer Bleibe. Unweit eines völlig durchwühlten Supermarktes fanden sie ein Haus mit Garten. Die Türen standen offen, sodass man auch in das Haus gehen konnte.

Wie lange es ihr gelingen wird, sich selbst um eine bessere Welt zu bemühen, bleibt Lunas Geheimnis. Ihre Bemutterung nahm jedoch zu diesem Zeitpunkt kein Ende. Und das Gefühl, das dabei in ihr aufflammte, ließ sie zeitweise den Verlust ihres Kindes vergessen.

Die Psychiatrie

Es war fast ein Tag wie jeder andere. Lisa saß auf dem Sessel vor dem Fenster. Sie sah aus hinaus. Die Welt war ihr mit dem Alter immer unheimlicher geworden. Deswegen vergrub sie sich die meiste Zeit in ihrer kleinen Wohnung und sah aus dem Fenster. Dabei betrachtete sie die Passanten, die vorüber gingen. Heute war es ein älterer Herr und eine Mutter mit Kind. Hastig rempelte der Mann die Mutter mit Kind an. Eine Entschuldigung brachte er nicht über die Lippen. Er sah die Frau erbost an. So, als ob es ihre Schuld gewesen wäre und sie sich ihm nicht in den Weg hätte stellen sollen. Mit einem lauten Schrei machte sich zudem das Kind während des Remplers bemerkbar. Als der Mann gegen es gerannt war, hatte die Mutter es stark am Arm gezogen. Widerwillig lockerte die Mutter ihren Griff und raunzte zuerst den Mann und dann das Kind an. Kaum war die Situation vorbei, zerrte die Mutter am Arm des Kindes und stampfte schneller als zuvor durch die Straße.

„Jetzt komm. Wir haben keine Zeit dafür. Wir sind spät dran.", sagte sie zu ihrem Kind, das zu weinen anfing.

Großen Schrittes bogen sie um die nächste Ecke und verschwanden.

Laut sprach Lisa vor sich hin. „Was für eine Zeit! Hat heute eigentlich niemand mehr Zeit? Selbst eine Mutter mit Kind findet keine Zeit. Was ist das bloß? In was für einer Zeit leben wir, in der eine Mutter, die man wüst angerempelt hatte selbst ihr Kind durch die Gegend hetzt?"

Die meiste Zeit über war Lisa unzufrieden über das, was sie auf der Straße sah. Sie zog Rückschlüsse das Leben anderer, bei dem, was sie beobachtete. Im Grunde erlebte sie die Welt da draußen als einsames Spiel. Trotz des oftmals heftigen Gewusels auf der Straße erlebte sie die meisten Menschen als einsam. Genauso einsam wie sie selbst.

Nach dem Tod ihres Mannes hatte sie sich erst recht in sich zurückgezogen. Sie hatte sich auf eine Weise sogar nach Einsamkeit gesehnt. Besondere Bedeutung hatte der Sessel, auf dem sie saß, wenn sie aus dem Fenster sah. Es war der Sessel ihres Mannes. Zu seinen Lebzeiten war es ihr nicht gestattet gewesen, darauf zu sitzen. Wenn sie sich einmal hineinsetzte, wurde sie sofort wieder verjagt. Das war ein Spleen ihres Mannes gewesen, der ihre Beziehung nicht gerade förderte. Es war ein Streitpunkt gewesen, der über die Jahre hinweg totgeschwiegen wurde. An dem Tag seiner Beerdigung war das Erste, das Lisa tat, sich in den Sessel zu setzen. Ging es bei dem Sessel um Macht? Nein, es war der Rückzugsort ihres Mannes gewesen, den sie von nun an für sich beanspruchte. Es war ein äußerst bequemer Sessel mit starker Polsterung und man konnte ihn auch zurückklappen.

Dann klingelte das Telefon und Lisa nahm den Hörer ab.

„Ja, bitte. Lisa Schmidtke."

„Hallo, Mom."

„Nenn mich nicht ‚Mom'. Nenn mich ‚Mama'."

„Ja. Jetzt entspann dich, Mama."

„Was gibt es?"

„Ich wollte mit dir etwas über die Arbeit sprechen. Ich denke, ich schmeiße den Job jetzt dann doch hin."

„Was? Das kannst du doch nicht ...? Wie willst du dich finanzieren?"

„Ja, aber es geht wirklich nicht mehr. Die Arbeit schlaucht mich so dermaßen. Ich bin gestern wieder total fertig nach Hause gekommen."

„Na und? Du schmeißt doch immer alles hin. Nichts ist bei dir von Dauer."

„Das stimmt nicht. Egal. Ich rede, glaub ich, lieber ein anderes Mal mit dir. Heute bist du so gereizt und das brauche ich jetzt auch nicht."

„Ich glaube nicht, dass ich morgen meine Meinung ändern werde."

„Das habe ich nicht gesagt. Nur heute bist du irgendwie besonders gereizt. Ich versuche es wann anders wieder. Ciao."

„Tschüss, meine Kleine."
Als das Telefonat vorüber war, überkam Lisa eine unendliche Traurigkeit. Es gab wohl niemanden auf der Welt, dem sie mehr das Glück wünschte als ihrer Tochter. Zu sagen vermochte sie es ihr nicht, aber sie spürte es jeden Tag ihres Lebens. Es war nicht leichter mit ihrer Tochter geworden, als ihr Mann verstarb. Das lag aber zu großen Teilen an Lisa selbst. Sie hatte sich in ihre Welt vergraben und wollte das auch so. Es gab niemanden, dem sie Zutritt zu ihrer Welt gewährte und so hatte sie sich in den letzten Jahren zu einer zynischen, alten Frau entwickelt.

Lisa beschloss, noch etwas auf die Straße zu gehen. Ein kleiner Spaziergang um den Block. Hauptsächlich, um die Zeit totzuschlagen. Sie nahm ihre Handtasche mit. Sie ging aus der Haustür und die Musik der Nachbarin war laut zu hören. Diese störrische Person nahm nie Rücksicht auf die anderen. Störrisch und rücksichtslos waren die Worte, die Lisa sofort einfielen. Sie schüttelte den Kopf und ging die Treppe herunter zur Haustüre. Es war eine alte Treppe, die bei jedem Schritt knarzte. Auf den Etagen standen Beistelltische mit Blumen und Pflanzen darauf. Sie musste drei Stockwerke bis zur Haustüre heruntersteigen. Auf der Straße angekommen wurde Lisa erst einmal von lautem Autolärm empfangen. Vielleicht wäre sie besser in den Park gegangen. Doch es dauerte ein paar Stationen mit dem Bus bis zum nächsten Park und das war Lisa heute zu weit für einen Spaziergang. Die Straße mit ihrem Getöse roch nach Autos und gehetzten Menschen. Lisa versuchte, das Getümmel nicht weiter zu beachten, und ging um den Block. Während ihres Spaziergangs dachte sie über nichts nach. Sie konzentrierte sich nur auf die Schritte. Als sie wieder vor ihrem Haus angekommen war, freute sie sich darüber, dass wieder zwanzig Minuten des absurden Tages vorüber waren. Sie wollte nun in Ruhe etwas fernsehen.

Doch ahnte sie nicht, dass es heute zu keiner Ruhe mehr kommen würde. Als sie wieder die Treppen hinaufging, war die Musik der Nachbarin noch lauter zu hören als zuvor. Auf der dritten Etage angekommen, sah Lisa sie vor der Wohnungstüre stehen. Sie stand in einem Bademantel bekleidet da und raunzte Lisa an.

„Na, da ist die alte Schmidtke ja wieder."
„Ja und, was geht Sie das an?"
„Halt's Maul, du Schlampe!"
„Was haben Sie gesagt?"
„Halt's Maul, du Schlampe."
„Halt *du* doch das Maul."
„Wie kannst du es wagen? Ich mache dich fertig."

Die Nachbarin wirbelte wie verrückt herum und versuchte, Lisa zu packen. Es gelang ihr nicht, da Lisa auswich. Aber dafür packte Lisa sie am Arm und schob sie zur Seite.

„Ah, lass mich sofort los, du Schlampe. Ich hab mit dir ein Hühnchen zu rupfen."

„Was willst du? Lass mich gefälligst in Ruhe."

Aber die Nachbarin beruhigte sich nicht und zog Lisa an den Haaren. Was Lisa nicht wusste, war, dass ein Bewohner aus der unteren Etage schon die Polizei gerufen hatte. Vertieft in das Hand- und Wortgemenge bemerkte Lisa gar nicht das Eintreffen der Beamten. Als diese da standen, hatte soeben Lisa die Nachbarin gepackt.

„Lassen Sie sofort die Frau los!", schrie ein Polizist.

Erschrocken ließ Lisa die Nachbarin los.

„Ich wollte nicht … Ähm, sie hat mich tätlich angegangen.", stammelte Lisa zu den Polizisten.

Die Polizisten wandten sich an die Nachbarin. Doch diese tat plötzlich lammfromm. Sie schien so brav wie noch nie zuvor in ihrem Leben. Das erboste Lisa zutiefst, weswegen sie begann, wilde Beschimpfungen hervorzustoßen. Das Ganze wurde so unangenehm, dass einer der Polizisten sich Lisa zuwandte.

„So, ich sehe, dass von Ihnen eine Gefahr ausgeht. Ich denke, Sie haben psychische Probleme. Die Frau hat nicht vor Ihnen etwas zu tun. Ich glaube, es ist besser, wenn Sie mit uns kommen."

„Was soll das heißen? Nein!", schrie Lisa.

Der Polizist ging auf sie zu und sie versuchte zu flüchten. Er wich nicht von ihrer Seite, packte Lisa am Arm und nahm die Handschellen heraus. Lisa bekam Handschellen und wurde kreidebleich.

„Was erlauben Sie sich? Hören Sie auf!"

„Sie kommen nun mit."

Lisa wurde abgeführt und sah aus dem Augenwinkel noch ihre Nachbarin grinsen.

Im Polizeiwagen angekommen brachte Lisa kein Wort mehr hervor. Sie hatte viel zu große Angst. Wohin brachten sie die Beamten nur? Würde sie die Nacht in einer Gefängniszelle verbringen müssen? Was soll nur werden? Konnte sie sich denn gar nicht dagegen wehren? *Sie* war doch von der Nachbarin angegriffen worden. So war es doch gewesen. Das war doch alles unrecht, was die mit ihr machten!

Es dauerte eine Zeit lang und dann brachten die Beamten sie zu einem Krankenwagen, der angefahren kam. Dieser Wagen, gefolgt von der Polizei, brachte Lisa letztendlich in die Psychiatrie. Dass Lisa dort gelandet war, begriff sie zunächst gar nicht. Sie hielt es für ein Krankenhaus und wunderte sich darüber. Dann offenbarten ihr die Beamten, dass sie sie in die Psychiatrie gebracht hatten. Lisa fehlten immer noch die Worte und so widersprach sie dem Beamten nicht. Als die Polizisten weg waren, fragte sie eine der Schwestern nach einer Zigarette.

Es dauerte bestimmt an die zwei Stunden, ehe sich Lisa mit der Situation abgefunden hatte. Ihr wurde ein Zimmer zugewiesen. Es war recht klein mit einer großen Fensterfront mit einer Verriegelung. Es war ein seltsames Gefühl, das Fenster nicht ganz öffnen zu können. Irgendwie bedrückend. Ob es hier wohl Insassen mit Selbstmordgefahr gab? Lisa schauderte bei dem Gedanken. Dann bekam sie ein Abendessen serviert. Es war spärlich und bestand aus zwei Scheiben Brot und einem kleinen Salat. Hastig schlang sie es herunter. Von der ganzen Aufregung hatte sie einen ziemlichen Hunger bekommen. Sie war immer noch geschockt darüber, wie sie hier gelandet war. Und sie hatte das Bedürfnis nach einem kleinen Spaziergang. Sie suchte nach der Schwester. Als sie diese gefunden hatte, fragte Lisa sie, ob sie einen kleinen Spaziergang machen könnte. Die Schwester verneinte. Sie dürfe nicht heraus, da sie auf der geschlossenen Station gelandet sei. Niemand dürfte hier ohne Erlaubnis des Arztes heraus. Lisa war schockiert. Wo zum Teufel hatten diese Polizisten sie nur hingebracht? Lisa ging auf ihr Zimmer zurück.

Etwa eine Stunde später kam die Schwester zurück.

„Es ist Zeit für die Nachtmedikation."

„Aber ich habe doch noch gar keinen Arzt gesprochen."

„Es ist trotzdem Zeit für die Nachtmedikation. Gehen Sie zur Medikamentenausgabe. Sie ist gleich zwei Zimmer rechts von Ihrem Zimmer."

Lisa gehorchte. Als sie aus dem Zimmer trat, sah sie eine Reihe von Menschen vor der Ausgabe stehen. Sie alle machten einen bemerkenswert bedrückten Eindruck. Lisa war nicht wohl. Sie nahm die Medikamente widerwillig ein. Dabei fragte sie, ob sie wenigstens erfahren dürfte, was das für Medikamente seien. Sie bekam als Antwort, dass es etwas zum Schlafen sei. Lisa fühlte sich komplett entmündigt und wusste nicht mehr, was sie tun solle. Sie beschloss, die Schwester nach einer Schachtel Zigaretten zu fragen. Die Schwester willigte ein und Lisa gab ihr das Geld.

Nach einer halben Stunde war die Schwester mit den Zigaretten zurück. Lisa ging auf den Raucherbalkon. Zunächst war sie allein, doch dann kam ein Mann dazu, der komplett apathisch wirkte. Er stand nur so da, zuckte und rauchte. Als er fertig war, ging er mit demselben gleichgültig wirkenden Blick, mit dem er gekommen war. Es war unheimlich, dieses Leid. Lisa zog stark an ihrer Zigarette und lauschte den Umgebungsgeräuschen. Sie hörte ein Auto in der Ferne. Dann kam eine junge Frau hinzu. Ihre Kleidung war ziemlich zerknittert und darüber trug sie einen Bademantel.

„Ich bin Cleopatra. Hast du eine Zigarette für mich?"

Lisa nickte und gab ihr eine Zigarette.

„Danke. Ich verheiße dir nur Gutes."

„Wie lange bist du schon hier?"

„Hier auf der Erde? Etwa dreißig Jahre."

„Nein ich meine, hier in der Psychiatrie."

„Ich glaube, ein halbes Jahr."
„Oh, das ist aber eine lange Zeit."
Lisa haderte mit ihrem Schicksal. Wie lange musste sie wohl hier bleiben? Bestimmt doch kein halbes Jahr. Sie rauchte noch eine Zigarette und ging zu Bett.
Am nächsten Morgen kam um halb sieben die Putzfrau in das Zimmer gestürmt. Mit einem lauten Rempler an Lisas Bett putzte sie den Boden. Lisa wachte auf. Dann verschwand die Putzfrau wieder, genauso schnell, wie sie gekommen war. Eine halbe Stunde später kam die Schwester mit einem EKG-Gerät. Sie sagte, sie müsste Lisas Herzaktivität wegen der Tabletten messen. Blutdruck wäre auch noch an der Reihe, aber erst später. Dann, um viertel nach sieben, kam die nächste Schwester und schrie „Guten Morgen. Frühstück." in das Zimmer. Lisa war ganz erschlagen. So hatte sie sich den Morgen nicht vorgestellt. Müde drehte sie sich seitwärts aus dem Bett und stapfte in Richtung Aufenthaltsraum zum Frühstück. Das Brot und das Brötchen waren so trocken, dass sie vom Vortag sein mussten. Aber die Marmelade war hervorragend. Der Kaffee war auch nicht schlecht. Nach dem Frühstück kam eine beunruhigende Totenstille in dem Raum auf. Die meisten der Patienten saßen nur so da und starrten die Wand an. Ein paar begannen zu zeichnen. Und so beschloss auch Lisa sich mit einer künstlerischen Aktivität abzulenken. Sie malte Mandalas aus und versuchte, dabei die Welt zu vergessen.

Als sie fertig gemalt hatte, setzte sie sich auf den Balkon. Sie hatte ihre Zigaretten dabei. Es dauerte nicht lange und sie zündete sich eine an. Nach der Zigarette saß sie einfach nur so da. Sie tat es den anderen auf dem Balkon nach. Dann kam noch einmal die Schwester auf sie zu. Sie sagte, es sei nun an der Zeit für ein Arztgespräch. Es sei nun Visite. Nervös rappelte sich Lisa auf und ging der Schwester hinterher. Im Arztzimmer hielt Lisa es nicht länger aus und begann sofort das Gespräch.
„Was mache ich hier? Es ist ein fürchterlicher Ort."
„Beruhigen Sie sich doch und erzählen Sie uns, warum Sie von der Polizei hierher gebracht wurden.", sagte eine Ärztin. Insgesamt waren zwei Ärzte in dem kleinen Zimmer.

Lisa begann sofort, von der ganzen Situation mit der Nachbarin zu erzählen. Als sie fertig war, sah sie erwartungsvoll die Ärztin an.

„Zu großen Teilen stimmte das mit den Aussagen der Polizisten überein. Sie haben aber Ihr außergewöhnliches Aggressionspotenzial vergessen zu erwähnen. Nun ja. Nun noch eine Frage: Haben Sie schon einmal versucht, Selbstmord zu begehen? Oder haben Sie akut Selbstmordgedanken?"

„Was? Nein."

„Tut mir leid, wir müssen das fragen."

„Wann kann ich wieder gehen? Ich würde gerne wieder gehen. So schnell wie möglich."

„Wir setzen einen Aufenthalt von mindestens vier Wochen im Regelfall voraus."

„Was, so lang? Das kann doch nicht sein."

„Wir sprechen noch einmal in den nächsten Tagen darüber. Jetzt kann ich Ihnen zumindest einen Ausgang von einer Stunde am Tag zugestehen."

„Was heißt das?"

„Sie dürfen für eine Stunde am Tag die Räumlichkeiten verlassen und zum Beispiel draußen spazieren gehen."

Lisa war geschockt. Sie ist ja komplett entmündigt worden. Sogar ein Ausgang musste bewilligt werden. Sie war verzweifelt.

„Gehen Sie doch etwas in die Kunsttherapie. Das wirkt oft Wunder. Nehmen Sie an den Therapiesitzungen teil."

Lisa hörte kaum, was die Ärztin sagte. Sie war nun von Kopf bis Fuß mit Angst erfüllt.

Das Gespräch war zu Ende und eine der Schwestern brachte sie zum Kunsttherapieraum. Sie nahm Platz und war in Gedanken noch ganz bei dem Gespräch. Nach ein paar Minuten kam eine Dame zu ihr. Es war die Kunsttherapeutin.

„Was wollen wir denn heute malen?"

Lisa sah die Kunsttherapeutin an.

„Ich weiß nicht."

„Also, wir haben Vorlagen oder Sie können frei malen. Da hinten stehen die Acrylfarben. Und dort finden Sie die Aquarellfarben."

Lisa entschied sich für das freie Malen. Sie nahm sich schwarze und weiße Acrylfarbe und begann, ein Bild einer Winterlandschaft zu malen. Als sie fertig war, ging es ihr etwas besser. Das Bild war eigentlich ganz gut geworden. Es hatte sie wirklich von diesem Ort ablenken können.

Danach ging Lisa wieder zum Rauchen auf dem Balkon. Diesmal hatte sie zusätzlich etwas zum Zeichnen dabei. Es war ein kleiner Zeichenblock, den sie von der Kunsttherapeutin bekommen hatte.

Es dauerte nicht lange und ein Mann nahm neben ihr Platz. Zuerst schwiegen sich beide nur an. Dann kam eine weitere Frau hinzu. Sie hatte ein Problem mit ihrem gestickten Tuch. Der Faden hatte sich verheddert. Lisa half der Frau und auch der andere Mann war bemüht, das kleine Fadenknäul zu entwirren. Da sie so mit dem Mann in Kontakt gekommen war, ergriff Lisa die Gesprächsinitiative.

„Hallo. Ich bin Lisa. Wie heißen Sie?", sagte Lisa.

„Ich heiße Rüdiger."

„Wie geht es Ihnen hier, Rüdiger? Ich bin noch etwas unter Schock, hier gelandet zu sein."

„Mir geht es nicht so gut. Das geht nun schon zehn Jahre so."

„Oh. Das tut mir leid. Was machen Sie sonst so?"

„Was meinen Sie?"

„Beruflich?"

„Ich arbeite als IT-Systembetreuer und stehe kurz vor der Rente."

Ein paar Minuten schwiegen beide, doch dann ergriff Rüdiger wieder das Gespräch.

„Ich bedaure so vieles.", sagte Rüdiger.

„Was bedauern Sie?"

„Zum Beispiel, nicht studiert zu haben. Ich bedaure es gar nicht so sehr finanziell. Ich bedaure es der Zeit wegen. Es wäre ein ganz anderes Leben gewesen."

Rüdiger vergrub seine Hände im Gesicht.

„Wirklich so schlimm?", fragte Lisa.

„Ja."

„Nun ja. Ich habe davon gehört, dass es auch Rentner studieren können. So gesehen ist es nie zu spät. Vielleicht studieren Sie ja doch noch."

„Wirklich? Glauben Sie, das geht noch in meinem Alter?"

„Aber sicher. Machen Sie sich da keine Sorgen. Selbst in den normalen Studiengängen sind viele nicht mehr so ganz jung. Ich bin davon überzeugt, dass Sie jeder Zeit ein Studium stemmen würden."

Rüdiger lächelte Lisa an.

„Vielleicht wird aus Ihnen dann in der Rente noch ein richtiger Abenteurer.", spekulierte Lisa.

Rüdiger lachte und zog an seiner Zigarette.

„Vielleicht."

Dann saßen sie eine Zeit einfach nur nebeneinander. Rüdiger verabschiedete sich nach seiner Zigarette. Lisa blieb noch eine Zeit sitzen und malte mit Buntstiften in das Malbuch. Als sie fertig war, war es Zeit zum Abendessen.

Die Tage vergingen und Lisa unterhielt sich immer wieder mit Rüdiger. Ihr war es gleich, was für eine Diagnose er hatte. Sie genoss die Zeit mit ihm. Er war ein sehr ruhiger Mensch und das gefiel Lisa. Zuweilen machte sie sich aber auch Sorgen, weil er so zitterte, wenn es ihm schlecht ging. Er sagte, das seien die Nerven. Viele Stunden über redeten sie über das Leben, die erfüllten und unerfüllten Wünsche und über den Klinikaufenthalt. Nach und nach entstand ein Band der Freundschaft zwischen ihnen. In der kurzen Zeit hatte Lisa ihm bereits von ihrem gesamten Leben berichtet. Er war ein guter Mensch und ein sehr guter Zuhörer. Durch ihn verging die Zeit wie im Flug. Sie hatte keine Angst mehr und sehnte sich auch nicht mehr nach ihrem Zuhause zurück. Er war ein fester Bestandteil ihres Lebens geworden. Was für ein Zufall, dass sie sich ausgerechnet in einer Psychiatrie kennengelernt hatten. Lisa hätte es sich auch gut anders vorstellen können.

Nach drei Wochen Aufenthalt war es so weit und die Ärzte sprachen einen Entlassungstermin aus. Lisa ging sofort zu Rüdiger und berichtete ihm davon.

„Schade. Es war immer schön, mit dir zu sprechen."
„Das muss nicht zu Ende sein. Ich werde dir schreiben. Telefonieren sollten wir auch. Wie ist deine Nummer?"
Rüdiger notierte die Nummer und gab sie Lisa.
„Danke. Ich werde dich selbstverständlich auch hier anrufen. Ich bin so froh, dass wir uns kennengelernt haben."
„Ich auch. Wir haben immer so gut miteinander gesprochen. Ich bin der alten Hexe und den Polizisten sehr dankbar, dass sie dich hierher verfrachtet haben."
Lisa lachte. Daran hatte sie seit Wochen gar nicht mehr gedacht.
Als Lisa ging, war Rüdiger traurig. Doch es dauerte nicht lange und Lisa rief ihn in der Klinik an. Ihre Telefonate dauerten oft Stunden. Als Rüdiger aus der Klinik entlassen wurde, war die Freude groß.
Endlich ging es ihm besser. Beide verabredeten sich oft. Und so vergingen die Jahre. Es wurde eine tiefe und innige Freundschaft über alle Lebenslagen hinweg. Sogar im Tod standen sie sich bei. All das Gute entsprang aus dem einen Moment des Zorns und der Empörung. Lisa war der alten Hexe auf ewig dankbar. Auch wenn sie es ihr nie sagte.

Die Gartenformeln

Der Tod ist niemals leicht. Rosa versetzte der Anruf einen Schock. Ihre Mutter war gestorben. Sie rief sofort ihren Bruder Stefan an. Zuerst brachte sie die schlechte Neuigkeit nicht über die Lippen, doch dann fasste sie Mut und sprach es aus.

„Sie ist gestorben. Sie ist im Altersheim gestorben."

Darauf fragte der Bruder sofort nach der Art des Sterbens. Sie sagte, es sei ein Herzinfarkt gewesen. Dann herrschte Schweigen. Rosa konnte es nicht fassen, dass es nun doch so weit gewesen war. Ihre Mutter war 97 Jahre alt geworden. Aber eben wegen dieser vielen Jahre war sie in ihren Augen immer unsterblich gewesen. Jede Krankheit hatte sie bezwungen. Aber nun war alles zu Ende. Traurig sprach Rosa über die letzten Tage mit ihrer Mutter. Sie hatte sie im Altersheim besucht. Aber es war schon so weit mit ihr, dass es kaum noch Interaktion gab. Müde hatte sie da gelegen und hatte auf die Berührungen und die Worte nicht mehr reagiert.

Als das Telefonat beendet war, war Rosa erleichtert, mit jemanden gesprochen zu haben. Sie hatte mit ihrem Bruder verabredet, dass er in den nächsten Tagen zu ihr kommen würde. Sie würden die Beerdigung planen. Ihre Mutter war ein sehr einfühlsamer Mensch gewesen. Deswegen stand ihr nach Rosas Meinung auch eine einfühlsame Beerdigung zu. Sie sollte nicht zu übertreiben sein. Ein netter und besinnlicher Spruch auf den Karten und vielleicht ein „Ave Maria" zur Beerdigung. Das hielt sie für angemessen. Wie verabredet kam ihr Bruder zu ihr. Beide ließen sich von einem Bestattungsunternehmer beraten. Es blieb aber bei dem, was sich Rosa schon vorher überlegt hatte.

Die Beerdigung war schön. Es tat gut alle Verwandten wieder zu sehen. Trotz der gedrückten Stimmung fanden die Leute noch die Möglichkeit für etwas Nettes. So unterhielt sich Rosa lange Zeit mit einem ihrer Onkel, den sie zuletzt mit fünfzehn Jahren gesehen hatte. Sie war sich sicher, dass das die Beerdigung war, die sich ihre Mutter gewünscht hätte.

Als der Leichenschmaus vorbei war, verabschiedeten sich die ersten Gäste. Bald waren sie alle fort und Rosa war allein mit ihrem Bruder. Sie beschlossen, noch in das Haus ihrer Mutter zu fahren. Dort angekommen überfiel Rosa eine große Traurigkeit. Sie begann zu weinen. Doch ihr Bruder tröstete sie. Es waren all die Erinnerungen an die vielen Besuche in dem Altersheim gewesen. Als sie sich wieder gefasst hatte, begann ihr Bruder, die Habseligkeiten unter ihnen beiden aufzuteilen. Rosa bekam eine Kiste gefüllt mit Dokumenten und eine Kiste mit Geschirr.

Wieder zu Hause angekommen stellte sie erst einmal die Kisten beiseite. Sie machte sich zunächst einen Kaffee und dachte an die alten Zeiten mit ihrer Mutter. Es kamen so viele Erinnerungen in ihr auf. Der erste Schultag, Weihnachten, ihr erster Freund, ihre Hochzeit und ihre Scheidung. Danach hatte Rosa den Männern zwar nicht abgeschworen, aber sie war doch die meiste Zeit allein. Sie war ab dem Zeitpunkt ganz und gar mit ihrer Arbeit verheiratet. Wenig Zeit für Liebesbekanntschaften.

Am nächsten Morgen machte sie sich an die Kisten. Zuerst öffnete sie die Kiste mit dem Geschirr und fand sofort das Festtagsgeschirr ihrer Mutter wieder. Das war das Geschirr, das sie an Weihnachten, Silvester und Geburtstagen verwendet hatte. Erneut erinnerte sie sich an so viele Dinge. Rosa suchte nach einem schönen Platz für das Geschirr. Sie stellte es schließlich in den Schrank.

Danach war die Kiste mit den Dokumenten an der Reihe. Zwischen all den Rentenpapieren und anderen Papieren fand sie das Tagebuch ihrer Mutter. Zuerst wollte sie es nicht lesen und legte es in den Schrank. Doch nach zwei Stunden wurde die Sehnsucht nach den geschriebenen Worten ihrer Mutter zu groß. Ihre Worte und Gedanken versteckt in diesem kleinen Büchlein. Sie hielt es nicht mehr aus und holte das Buch wieder aus dem Schrank hervor. Sie setzte sich auf die Couch.

Das Buch begann zu ihrer Teenagerzeit. Es ging dabei um einen Jungen, der nicht ihr Vater war und in den sich ihre Mutter verliebt hatte. In den Zeilen offenbarte ihre Mutter, dass es zu einem ersten Treffen kam. Ihre Mutter war sehr nervös gewesen. Es war ein Tanzabend, an dem, so wie sie schrieb, beide den ganzen Abend bis in die Nacht durchtanzten. Am Ende der Veranstaltung begleitete sie der junge Mann mit dem Namen Hans noch nach Hause. An der Tür hielten sie inne und küssten sich. Es war der erste Kuss ihrer Mutter. Sie schrieb, dass es ein wundervoller Moment gewesen sei. Das größte Gefühl auf der Welt und dass sie unbedingt mehr davon haben wollte.

Rosa legte das Buch zur Seite und schmunzelte. So kannte sie ihre Mutter gar nicht. Es war ein tolles Gefühl, so menschlich von ihr zu lesen. Obwohl ihre Mutter ein sehr einfühlsamer Mensch gewesen war, war sie doch ihren Kindern gegenüber eher verschlossen gewesen. Es war großartig, nun so von ihr zu lesen und sie auf eine neue Art und Weise kennenzulernen.

Rosa beschloss, weiterzulesen. Sie blätterte das kleine Buch durch. Laut der Datumseinträge fing es in der Teenagerzeit an und endete zum Beginn ihrer Rente. Lauter kleine Einträge zu den wichtigen Lebenspassagen ihrer Mutter. Gebannt las sie weiter. Als sie zu der Passage kam, in der ihre Mutter ihren Vater kennengelernt hatte, musste sie fast weinen. So viel Gefühl steckte in diesen Zeilen. Es war eine wahre Liebe gewesen und das machte Rosa sehr glücklich. In der Zeit nach dem Studium und zu der Zeit, als sie schwanger wurde, schrieb ihre Mutter von einer kleinen Lebenskrise. Sie konnte sich beruflich nicht so entwickeln, wie sie es sich gewünscht hätte. Die Bewerbungen auf die Stellenangebote ihrer Träume blieben unbeantwortet. Sie schrieb davon, dass sie bemerkt hatte, schwanger geworden zu sein. Sie machte sich Sorgen, ob das der richtige Zeitpunkt sei. Doch dann schrieb sie, dass es wohl immer eine Überraschung sei, schwanger zu werden und sie doch froh sei. Alles würde gut werden. Und Rosa stimmte ihr in Gedanken zu. Ihre Kindheit war eine sehr schöne gewesen.

Als sie umblätterte, fielen auf einmal zwei Blätter aus dem Tagebuch, voll von mathematischen Formeln. Ganz geheimnisvoll stand in der Schrift ihrer Mutter geschrieben:

Anwendung, Gebrauch: Kunst, Garten oder Parkgestaltung, wie zum Beispiel Platz, der mit Steinplatten ausgelegt ist, oder ein Weg oder ein Design:

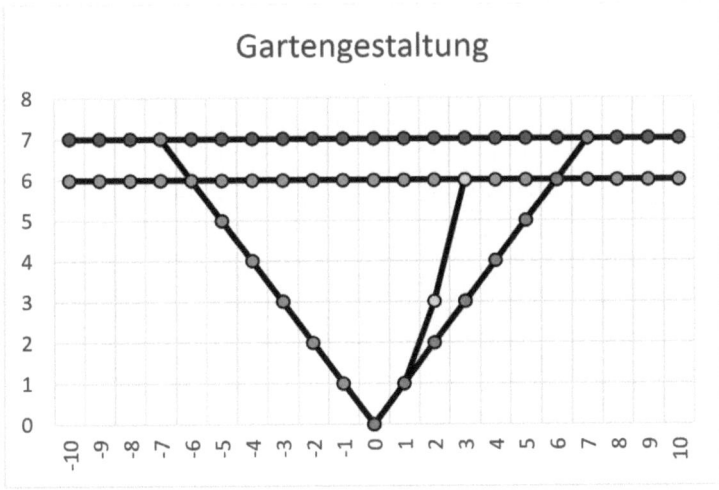

Flächenberechnung: 1. Quadrant

$$A = a \cdot b$$

$$A = 7 \cdot 10 = 70$$

Funktion:

$$\sigma(x) = \begin{cases} 7, 1 \leq x \leq 10 \\ 0, x > 10 \\ 0, x < 1 \end{cases}$$

oder $f(x) = 7$ für $1 \leq x \leq 10$

Fläche:

$$\int_0^{10} 7\, dx = [7x]_0^{10} = 7 \cdot 10 - 7 \cdot 0 = 7 \cdot 10 = 70$$

$$\text{mit } \sigma(x) = \begin{cases} 6, 1 \leq x \leq 10 \\ 0, x > 10 \\ 0, x < 1 \end{cases} \quad \text{ist } A = 60$$

Dazu die Winkelhalbierende und die Summe über k:

Winkelhalbierende $f(x) = x$ für $0 \leq x \leq 10$

$$\sum_{k=1}^{1} 1 = 1 \text{ und } \sum_{k=1}^{n} 1 = n$$

$$\int_0^n 1\, dx = [x]_0^n = n$$

$$\sum_{k=0}^{n} k = \int_0^n x\, dx + n \cdot 0{,}5 = [0{,}5x^2]_0^n + n \cdot 0{,}5 = 0{,}5\,(n^2 + n)$$

$$\sum_{k=0}^{-n} k = -\int_{-n}^{0} x\, dx - n \cdot 0{,}5 = -[0{,}5x^2]_0^n - n \cdot 0{,}5 = -0{,}5\,(n^2 + n)$$

Flächenberechnung: 2. Quadrant analog zum ersten Quadranten ohne die Summe über k.

Rosa war verwundert. Sie konnte zunächst gar nichts damit anfangen. Hatte ihre Mutter sich etwa an einem Beweis versucht? Oder waren es nur aneinandergereihte Formeln? Und was sollte der Hinweis mit dem Garten? Was sollte das nur alles bedeuten? Sie rief ihren Bruder Stefan an.

„Hallo Stefan. Ich habe etwas Großartiges in der Kiste mit den Dokumenten entdeckt."

„Ja, was denn?"

„Das Tagebuch unserer Mutter."

„Ein Tagebuch. Hast du es gelesen?"

„Ja, ich habe ein bisschen darin gelesen und es ist so nett geschrieben. Jetzt nach ihrem Tod habe ich die Möglichkeit, unsere Mutter von Neuem kennenzulernen. Du musst es auch lesen, wenn ich fertig bin."

„Ja. Unbedingt."

„Aber das ist noch nicht alles. Es ist ein Blatt Papier mit mathematischen Formeln herausgefallen. Sie scheint etwas im Garten damit geplant zu haben. Wir müssen uns das zusammen ansehen."

„Mathematische Formeln? Ich komme morgen vorbei und wir können gemeinsam zum Haus fahren."

Am nächsten Vormittag kam Stefan vorbei und beide fuhren gemeinsam zum Haus ihrer Mutter. Es war ein schöner Morgen Ende Mai. Sie gingen sofort in den Garten. Rosa hatte das Tagebuch und das Blatt Papier mit den Formeln dabei. Im Garten fiel ihr zunächst nichts auf. Stefan entdeckte es dann.

„Es ist zwar schon verwuchert, aber ich glaube, ich habe die Zeichnung entdeckt. Es ist hier – die Bepflanzung im Beet. Die Linien stimmen überein."

Rosa war verwundert, dass sie das über all die Jahre nicht bemerkt hatte. Beide durchsuchten weiter den Garten und entdeckten noch eine Struktur aus Steinplatten und eine weitere linienförmige Bepflanzung.

„Der Garten ist voll von Mathematik. Das ist unglaublich."

„Wieso hatte sie das nur gemacht?"

„In ihrem Tagebuch stand, dass sie unzufrieden war, weil ihr die wissenschaftliche Karriere versagt blieb. Es gibt übrigens

noch mehr Kritzeleien mit Mathematik in dem gesamten Tagebuch. Am Rand neben dem Text oder auf den Rückseiten. Es gibt wohl eine Seite unserer Mutter, die wir noch nicht kennen."
„Zeig mir nochmal die Formeln."
Rosa gab Stefan das Blatt und das Tagebuch.
„Vielleicht hat sie sich auch wirklich an einem Beweis versucht. Vielleicht aber auch nicht. Das können wir nicht mit Sicherheit sagen. Die erste Sprungfunktion $\sigma(x)$ steht in der Beetgestaltung ganz oben. Sie hat den Wert 7. In ihrer Rechnung hat Mutter die Sprungfunktion von x gleich 1 bis 10 begrenzt. In der Zeichnung ist sie weitergezeichnet. Vielleicht eine andere Beetgestaltung. Die Sprungfunktion darunter, auch als $\sigma(x)$ bezeichnet, mit dem Wert 6 begrenzt die Werte der Summe über k. Die Summe über k geht von $k=1$ weiter bis $k=3$ und nimmt die Werte 1, 3 und 6 an. Daneben die Winkelhalbierende ... Es könnte auch sein, dass ihr die Funktionen einfach gefallen haben und sie so die Beetgestaltung umsetzen wollte. Es ist wirklich seltsam. All die Jahre hat sie in dem Garten gewirtschaftet und ich hatte keine Ahnung woran. Lass uns das Beet suchen, um das es hier geht. Gibst du mir auch einmal das Tagebuch zu lesen?"
„Ja. Aber lass es mich noch zu Ende lesen. Lass uns etwas Zeit in diesem wundervollen Garten verbringen."
Rosa und Stefan schlenderten noch etwas zwischen den Beeten herum. Dann begannen sie, ein paar Beete zu bearbeiten. Sie beschlossen, das Haus nicht zu verkaufen. Es war viel zu wertvoll für sie geworden.
In den nächsten Jahren zogen sie gemeinsam in das Haus. Rosa begleitete das Tagebuch in jedem Lebensabschnitt. Der Garten blieb so, wie ihn sich ihre Mutter nach aller Schönheit der Mathematik errechnet hatte.

Die Autorin

Alexandra Kutschera wurde 1985 in München geboren und wuchs in Fürstenfeldbruck auf. Nach ihrem Fachabitur an der staatlichen Fachoberschule mit der Ausbildungsrichtung Technik entschied sie sich für ein Studium der Feinwerktechnik mit der Fachrichtung Medizintechnik in München. Nach dem Studium arbeitete sie kurz als Ingenieurin und absolvierte dann ein Lehramtsstudium der Mathematik und Metalltechnik für berufsbildende Schulen. Das Schreiben und das Malen begleiteten sie privat durch verschiedene Lebensphasen. „Dreizehn Augenblicke" ist ihr erstes literarisches Werk.

Der Verlag

> *Wer aufhört besser zu werden, hat aufgehört gut zu sein!*

Basierend auf diesem Motto ist es dem novum Verlag ein Anliegen, neue Manuskripte aufzuspüren, zu veröffentlichen und deren Autoren langfristig zu fördern. Mittlerweile gilt der 1997 gegründete und mehrfach prämierte Verlag als Spezialist für Neuautoren in Deutschland, Österreich und der Schweiz.

Für jedes neue Manuskript wird innerhalb weniger Wochen eine kostenfreie, unverbindliche Lektorats-Prüfung erstellt.

Weitere Informationen zum Verlag und seinen Büchern finden Sie im Internet unter:

www.novumverlag.com